大家さん
ありがとう
ございます
助かりました
よかよ
……
恋に狂うた
おばあちゃんなんて
おかしかやろ?
一生に一度の
恋やったとたい
また一緒になれて
浮かれとっとたいね
ごめんね

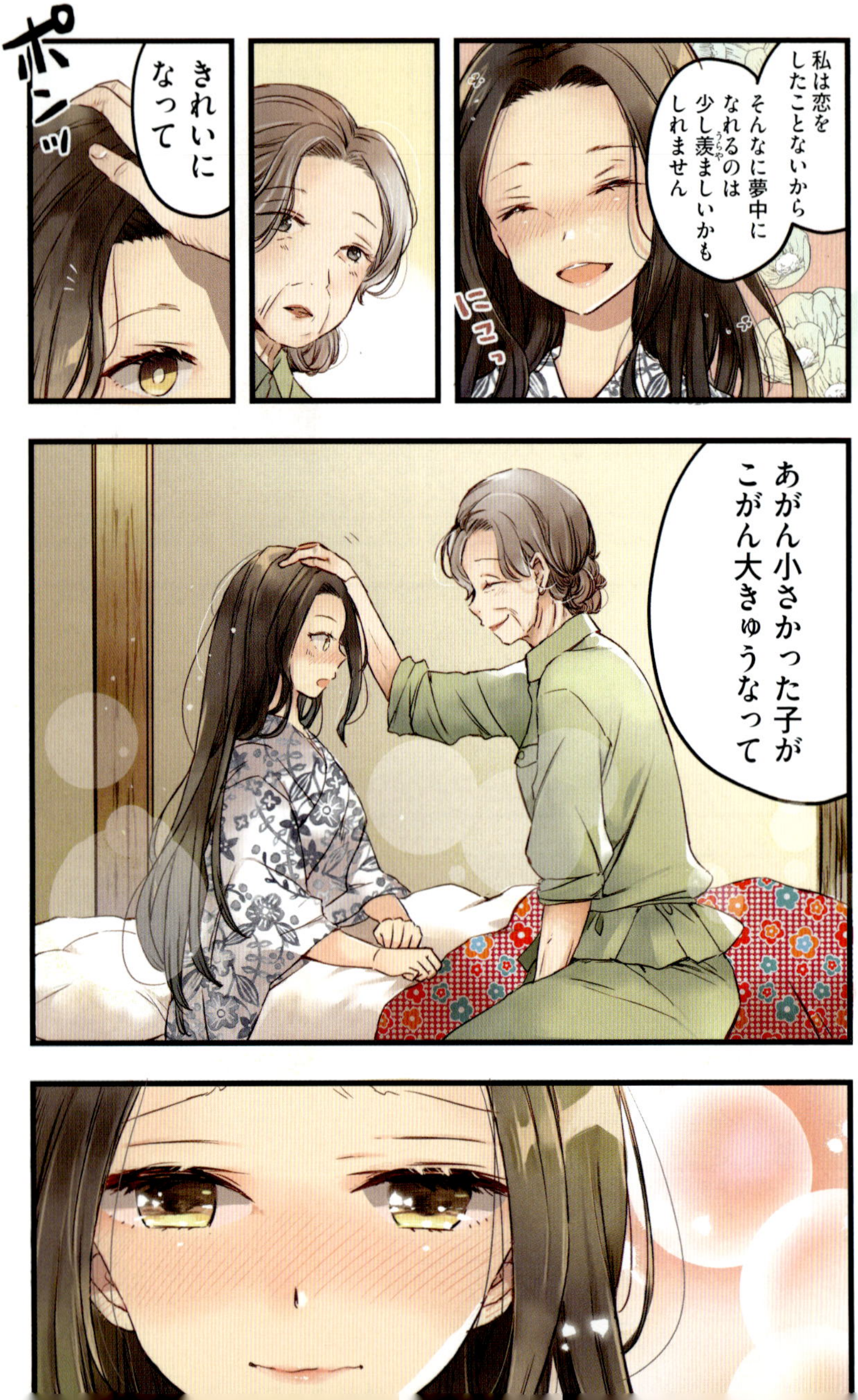
私は恋をしたことないから
そんなに夢中になれるのは少し羨《うらや》ましいかもしれません
にこっ
ポンッ
きれいになって
あがん小さかった子がこがん大きゅうなって

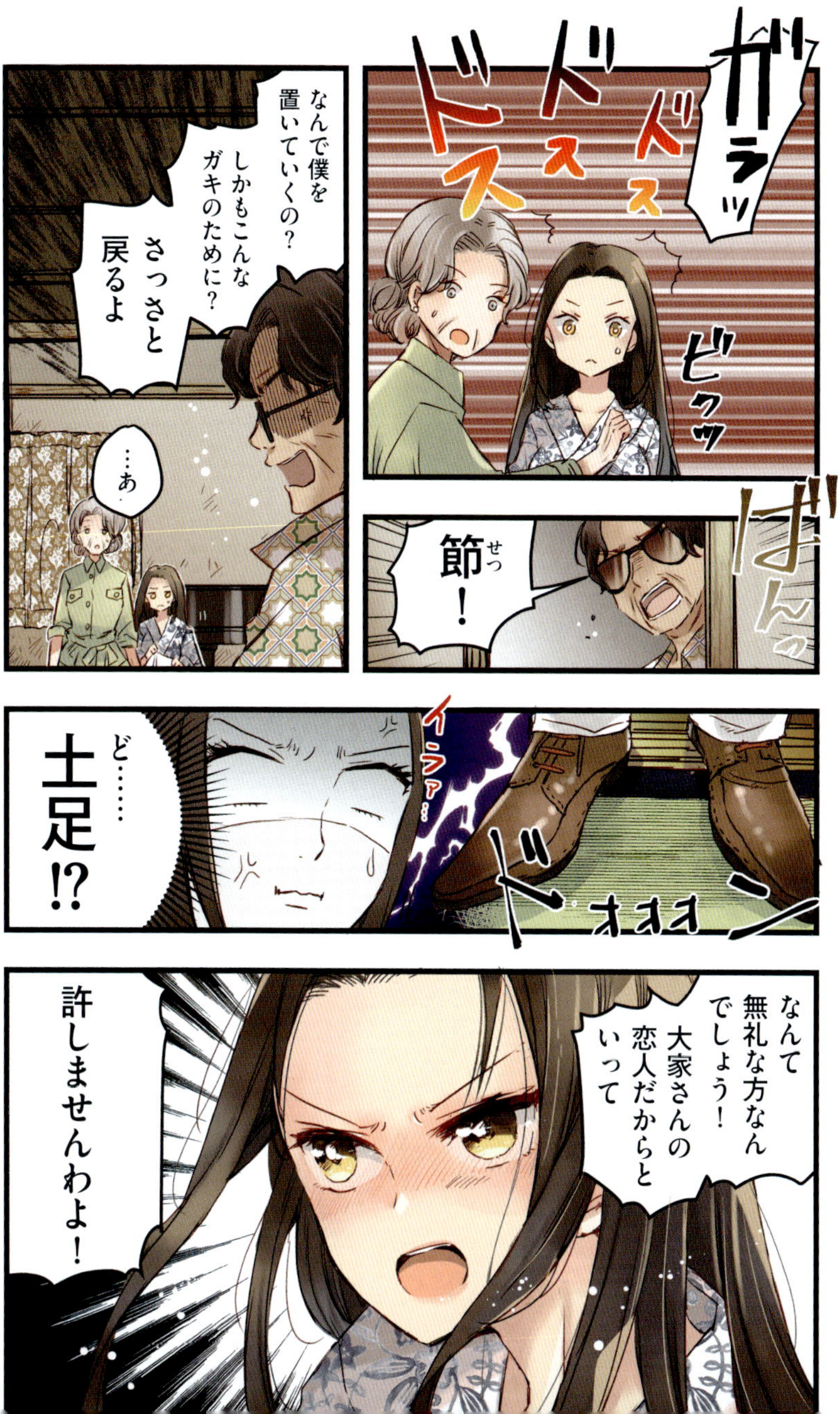
ガラッ
ドスドスドス
ビクゥッ
なんで僕を置いていくの？
しかもこんなガキのために？
さっさと戻るよ
…あ
ばんっ
節《せつ》！
ドンッ
イラァ…
ど……土足!?
なんて無礼な方なんでしょう！
大家さんの恋人だからといって
許しませんわよ！

ここは僕が契約している家だよ
すなわち僕の家
分かる？
はぁ〜〜……
な
何を言ってますの？
ここは私の父が契約して私が家賃を払って——
スッ
!!
やあ
久しぶりだな
——麗子

麗子の風儀
2
著 ベキオ
画 ミト
悪役令嬢と
呼ばれていますが、
ただの貧乏娘です

序章

僕の愛する人は突然消え去った。

いや、消え去ったのではなく、僕の母に追い出されたのだ。

愚かな僕はそんなことも知らずに、当時アメリカで仕事をしていた。彼女が身重でなければ、一緒に連れて行くつもりだった。

彼女が母に虐《いじ》められ、追い出されていた頃、僕はニューヨーク五番街のハリー・ウィンストンで二カラットのダイヤモンドのエンゲージリングと、ティファニーでプラチナのマリッジリングを購入していた。僕が幸せな気持ちでそれらを選んでいる時には既に、彼女は行方が分からなくなっていたんだ。

僕は両親に愛されずに育ち、ずっと孤独だった。両親に愛されたくて勉学に励み、品行方正に生きてきたが、両親の足元にも及ばない。僕もそれなりに優秀だったが、天才と呼ばれる彼らの目には酷《ひど》く凡庸に映ったのだろう。

そんな僕を愛してくれた彼女。ありのままを受け止めてくれた唯一の存在だった彼女を僕はどうしても失いたくなかった。

帰国してから彼女を捜し続け、ようやく見つけ出した時には、彼女は平凡だが幸せな生活をしていた。もう僕の出る幕はない。

自分の手で彼女を幸せにしたかった。しかし、それはもう叶《かな》わない。

何があったかなんて詳しくは知らない。けれど、きっと酷いものに違いないんだ。

彼女を傷つけた人間は誰《だれ》一人として許さない。

それからの僕は復讐するためだけに生きてきた。

なんどもなんども母を追い詰めた。

そして、ようやく復讐が終わろうとした時、存在すること自体が許しがたい人間が現れる。僕はそいつも含めて全てを不幸にしてやると決めた。

もう誰にも、僕らの邪魔はさせない。

この物語は、突如『悪役令嬢』に仕立て上げられ『リアル乙女ゲーム』という名の不条理に巻き込まれてしまった少女・九条院麗子《くじょういんれいこ》が、平穏な学園生活を夢に愛するピアノと昭和サブカルチャーを糧として自らの幸せを摑《つか》むため、人との出会いによって不条理《めんどうごと》から抗い、成長する物語である——

第七章

右目が疼《うず》くアレと、夢のオーモリツユダク

文化祭でのフキさんとの突然の再会と、自分の今後に対しての踏ん切りをつけたあの出来事から早一ヶ月経《た》とうとしていた。

梅雨の時期である。ここのところずっと雨ばかりで、洗濯物が外に干せない。もちろん布団も干せない。でもこの時期は嫌いではない。窓の外の雨を眺めるのが好きだし、窓を叩《たた》く雨音も好きだ。

梅雨を前に竹の皮も沢山拾って、ちゃんと乾燥させた。大家さんが使う分も拾って渡す代わりに、大家さん宅に保管してもらっている。これで来年までおにぎりを包む竹の皮は心配ない。

後一ヶ月で花丘町《はなおかちょう》を離れる予定だ。竹の皮は今後どこで調達すればよいのだろうか。

学園祭の一件で沙羅《さら》様と双樹《そうじゅ》様から提案され、私は半月前に寮に入りたい旨を学園に告げた。そして、学園が所有しているマンションの一室をあてがわれることになったが、もちろん通常に生活するためだけの部屋なのでピアノ用の防音室は付いていない。

私がピアノのことに触れると、コンクールで入賞すればピアノの特待生としても受け入れることが可能となり、防音室付きの部屋を用意することができるという返答をもらった。

という訳で、私は急遽《きゅうきょ》国内で最も権威のある学生コンクールの一つに出ることになったのだ。推薦状は洋子《ようこ》様の伝手《つて》を使って用意されたが、なんと城山《しろやま》ミハエル円《まどか》サマのお父様も推薦人の一人になってくれた。そして、今年の初めに国際コンクールで優秀賞を取った城山サマもこの学生コンクールに出るとなって、コンクール自体がかなり盛り上がっているらしい。本選のチケットは既に完売したとのこと。ちなみに私と城山サマは〆切終了後に割り込んだ形だ。明らかに不正の匂《にお》いがするが、募集要項を見ると例外が記載されている。…なるほど、昔からこういうことはあったのだろう。

コンクールで入賞できなければ、防音室のない部屋になる。その場合は消音ユニットが付いたピアノをレンタルするつもりなので特に気にしていない。近いうちに試し弾きをするつもりだ。

一昨日あった予選は一位通過した。ちなみに城山サマは予選なしで本戦に出る。残念な

第七章
右目が疼くアレと、夢のオーモリツユダク

ことに、このコンクールは学生であればプロも参加できるのだ。プロ禁止のコンクールに出ればよかった。

本戦は一ヶ月後なので、それまでは城山サマに極力遭遇しないように過ごしたい。とにかく会いたくないのだ。


「レイちゃん、おはようございます」

「サラちゃん、おはようございます」

校舎に入るとすぐに沙羅様に会った。双樹様は寝不足で休むとのこと。

「朝まで作業してたみたいですの。多分要《かなめ》兄様関連ですわ」

「まあ！　スーパーハッカー本領発揮ですのね！　素敵ですわ。憧《あこが》れます」

「アタクシ、レイちゃんの好みが分かりませんわ」

「ええ？　ソウ君はとても格好いいでしょう？　顔もそうですが、何よりスーパーハッカーですのよ。サラちゃんは好みの方はいらっしゃらないの？」

沙羅様は顎《あご》に指を当て少し考える。

「要兄様かしら。一番理想的な男性像は」

「確かに！　高岡《たかおか》様は完璧ですわ」

「でしょう？」

私たちが楽しくお喋《しゃべ》りをしていると、後ろから大きな声で名前を呼ばれた。

「九条院麗子《くじょういんれいこ》ぉぉぉぉぉ!!」

声の主は分かるので嫌々振り向く。

「今度のコンクールでお前を叩《たた》き潰《つぶ》す!」

今朝「会いたくない」と切望した城山サマである。

「おはようございます」

まずは笑顔で挨拶《あいさつ》だ。たとえ、城山サマの性格がアレであったとしてもまずは笑顔で挨拶だ。挨拶はタダである。どんな相手でも挨拶はマナーだ。

「城山様、何度も申し上げていますが、私を負かすとか叩き潰すとかではなく、ご自身と戦ってください。私も自分自身と向き合って演奏しますわ」

「見てろよ!」

そう言って私を指差すと、去っていった。嵐のような方だと遭遇するたびに思う。

「サラちゃん、城山様は本当におっとりした方でしたの?」

「ええ。本当にぼんやりした方でしたのよ。鳩《はと》が頭の上に乗っても気がつかないくらい。アタクシも、実際に二回ほど見たことがありますわ。何故《なぜ》だかいつも鳩が頭の上にいますの」

鳩が頭の上に?

第七章
右目が疼くアレと、
夢のオーモリツユダク

「あまりにぼうっとしているから、あの美形でも一部の方にしか人気はありませんでしたわ。でも今は人気がうなぎ登りですのよ。あの顔で、闘志がメラメラしているのがいいみたいですわ」

「あら、私が一役買ったようですね。ですが何度言っても、城山様は私に同じことしか言わないから、正直申し上げて面倒臭いんですの」

そう、城山サマは面倒臭いのだ。会うたびに、勝ってやるだの、負けるものかだのうるさい。お陰で他の生徒たちに変な目で見られている。特に桜田優里亜《さくらだゆりあ》サマから。

「ねぇ、九条院麗子……さん、ちょっといいかしら?」

Oh……噂《うわさ》をすれば影である。

「なんですの? 桜田優里亜」

「沙羅様には関係のないことです」

「な!? なんて生意気な口をきくのかしら?」

沙羅様は桜田優里亜サマに容赦ない。元々気に入らなかったらしいが、私のことで更に嫌うようになったようだ。

「桜田様、私に何か御用ですか?」

私は堂々と対応する。ド貧乏だからと卑屈にはならない。しかし礼節はわきまえる。

「あなた、ミハエル様と同じピアノコンクールに出るの? ゲームのイベントではコンクールで優勝してヒロインに告白するんだけど、今ヒロインは小鳥遊《たかなし》君のルートに入っているの。だからミハエル様が私に告白するように、同じ転生者として協力してくれるわよね？」

ん？

頭が痛くなってきた。まったく理解できない。ネット小説で若干詳しくなったといえども、彼女はこの現実世界で何を言っているのだろうか。

安易に桜田優里亜サマの妄想に付き合うのではなかった。マリ様と同一視して、私なら対応できると思い上がっていた。烏滸《おこ》がましい。本当に愚かな真似をしたが、今更後悔しても遅い。くそぅ…あの時の私の馬鹿。

しかも城山サマのコンクールというイベントは一条《いちじょう》先生からもらったレポートには記載されていなかった。

「そんなイベントはなかったと思うのですが。少なくとも私の記憶にはありませんわ。城山様は今年の初めに国際コンクールで優秀賞を受賞しています。本来ならば今回の国内学生コンクールなんて出る必要はないのですよ。私を勝手にライバル視しているから出場するだけですし」

桜田優里亜サマは顔を真っ赤にして声を大きくする。

「なっ！　この間、思い出したのよ！　前世の記憶が全部すぐに思い出せるってわけじゃないし。あなただって、そうでしょ！」

本当と書いて本当《マジ》で無理である。もう付き合いきれない。

「転生者の桜田優里亜様というバグのせいではないでしょうか？」

適当に受け答えをするが、どうやら桜田優里亜サマはこの答えが気に入ったようで、目を輝かせて「逆ハーいけるわ、本命は薫《かおる》君だけど」などとブツブツ言い始め、「とにかく！　頼んだから！」と勝手を言って離れていってしまった。

一連の桜田優里亜サマの無礼と、異様な光景に沙羅様は眉《まゆ》を顰《ひそ》める。

「レイちゃん、このまま放置すると被害が拡大しそうですわ。ほら、双樹も攻略対象なんでしょう？」

沙羅様もネット小説で乙女ゲームに転生した話を読んでいるため、おおよそのことは分かっている。それでも彼女の辻褄《つじつま》の合わない妄想は怖い。葛城《かつらぎ》サマも城山サマもどうでもいいが、双樹様は別だ。大切な友だちだ。

「ソウ君は攻略されたりはしないでしょうが、ソウ君の邪魔をするようなことは私がさせませんわ！」

「ふふふ、本当に双樹のこと大切なのね」

「もちろんです。お友だちですもの」

私たちは桜田優里亜サマの現状を一条先生に報告するため、その日の放課後、二人で保健室に足を運んだ。

保健室に入ると、一条先生がミルクティーとお菓子の用意をしてくれた。すごくいい香りのするアッサムのセカンドフラッシュだ。先生はいつも質の良い茶葉で紅茶を淹《い》れてくれる。

「君たちとこうやって話すのは久しぶりだが、何かあったのかい?」

私はカップとソーサーを置き、桜田優里亜サマの現状を話す。すると一条先生は頭を抱えた。

「優里亜の両親にも話はしたんだが、会社の方が大変みたいでな。一応、知り合いのクリニックは受診させたし、カウンセリングも受けさせた。本来なら守秘義務があるが、君たちには結果を教えるべきだな。優里亜は病気ではない。思春期によく見られる、自分がこうありたいという願望や現実逃避によるものだと。病気ではないので病名はない。……分かりやすく言うと中二病だ」

チューニ病?

「先生、申し訳ないのですが、チューニ病とはなんでしょうか?」

一条先生が説明しづらそうにするので、沙羅様とスマホで検索したが、意味を知った私たちは半目になる。

「時期が来れば、良くなると。そう先生は判断なさっているのですね?」

先生は申し訳なさそうな顔をして頷《うなず》く。

「既にレイちゃんは被害を受けていますわ！　何を悠長なこと言ってますの？　中二病？　ならば、さっさと正しい現実を認識させるべきですわ！」

「本郷《ほんごう》さんの言う通りなんだが、私たちにはただの空想だと言うんだ。恐らく、信じてくれない大人には理解できないと優里亜は考えている。多分、この点で今一番信頼しているのは九条院さんだ」

ああ、私は自らの首を絞めたわけだが、これも自分の考えの甘さゆえの自己責任である。

「サラちゃん、私がソウ君を守るから！　自分で蒔《ま》いた種だもの。どうにかしますわ」

と言ったものの、良い解決策は思い浮かばないのであった。

第七章
右目が疼くアレと、夢のオーモリツユダク

1

コンクールの準備もあるが、その前に演奏の仕事が入っている。沙羅様の祖母である、本郷洋子様がお膳立《ぜんだ》てしてくれたものだ。

ギャラは前回の演奏会と同じとのこと。衣装一式はコンクールもあるので借金をして購入した。手持ちの金で足りなかった分を借りた形になる。以前いただいた十万円もの大金は、資生堂《しせいどう》パーラーとフキさんへの荷物の送料に充てられ、残りのお金では衣装一式を揃《そろ》

えるには不十分だったのだ。

以前、洋子様に用意してもらったドレスは既にお返ししている。私の身の丈にあっていないし、いただく理由もない。確かに演奏はしたが、ギャラをちゃんと頂戴《ちょうだい》している。しかし高岡様が買ってくださったワンピースはありがたくいただいた。お詫《わ》びとしての意味が込められているからだ。

私の生まれて初めての借金の貸主は本郷猛《たける》様である。借用書作成のために法定代理人として田丸《たまる》弁護士を頼ったが、田丸弁護士は何も言わない。この父の知人という田丸弁護士はよく分からない存在である。そんな人に頼らねばならないとは、未成年は何と不便か。

なにより私は施しは嫌だ。頑固だと言われようと、嫌なものは嫌だ。パトロンもいらない。これはマリ様の呪縛《じゅばく》かもしれないが、貧しくても一人で立って胸を張って歩きたいのだ。

というわけで、私の衣装は安いポリエステルのドレスである。安いといっても私にとっては凄《すご》く凄く凄く高い。靴も同様だ。

着飾ってお客様の目も楽しませるべきだと洋子様は言うが、私は音楽だけで楽しませるべきだと思っている。ここは譲れない。

カフェでご飯をいつものように食べながら、双樹様が呆《あき》れたようにこちらを見る。

「まったく、レイちゃんは本当に頑固者だね」

「あら、そうですか？」

「でもさすが九条院重一郎《じゅういちろう》様と白鷺《しらさぎ》マリ様の孫だとお祖父様は褒めてらっしゃったわ」

本郷猛様は私を過大評価しすぎである。そんな大層な人間ではない。しみったれた貧乏人である。未《いま》だに葛城サマのせいで食べられなかった一切れのサンドイッチに想いを馳《は》せる意地汚い人間だ。

「白鷺マリ様の晩年の演奏の鑑賞会ももうすぐ始まりますわね。アタクシ、楽しみにしてますのよ」

洋子様主催の『悲劇の天才ピアニスト白鷺マリ～晩年の煌《きら》めく演奏～』は本日放課後、この学園の講堂で行われる。初めは少人数で視聴する予定だったが、噂《うわさ》を聞きつけた人たちからの連絡が殺到し、それならばと学園のＯＢである本郷猛様や葛城サマのお祖父様たちが鑑賞会を学園で行うよう取り計らったのだ。この学園は表向きはハイソでありながら実はバンカラな学生が多かったと、昔を思い出して本郷猛様は笑う。当時は全寮制で本郷猛様たちは最後のバンカラ世代らしい。

『魁‼男塾』みたいな感じかしら？　万里小路《までのこうじ》様にお借りした漫画の中にあった作品の一つで、登場人物が死んだと思ったら生きてるの！　民明書房ってすごく気になるわ。

裸の大将をきっかけに、万里小路様が素敵な漫画を沢山貸してくださるようになったのだ。

さて、本郷猛様をはじめとして、招待された方々には各界の重鎮がかなりいる。私ももちろん鑑賞会には参加するが、録音された音よりも私の記憶の中の音の方がリアルなため、本当はそこまで乗り気ではない。

自宅でカセットテープを聴く時は、生前のマリ様が演奏する際に、私が座っていたところに当時と同じように正座をして聴く。するとあたかもその時に帰ったように、懐かしくなるのだ。カセットテープはそのためのツールでしかない。

ボロボロだったカセットテープは一本一本手作業で修復作業がされ、雑音等を一つ一つ消す地道な作業を経て、デジタルリマスタリングされた。非常に時間がかかる作業であったらしいが、洋子様が金の力で強行させたとのこと。

午後五時から鑑賞会は始まるが、それまでに時間がある。午後の授業が終わった後、サロンで沙羅様たちと課題を済ませることになった。

私は課題をサクサク終わらせる。特に難しくはないが、字がもっと速く書けたらいいのにといつも思う。切実に思う。国語は字の美しさも問われるため、そこそこ丁寧に書くが、数学は書き殴ったようになる。時間は有限であり、タラタラ書くのは勿体無《もったいな》いのだ。

「レイちゃん、すごく早く課題が終わりますのね！　アタクシの課題よりも難しくて量も多いですのに」

「大した量ではありません。早く終わらせて、ここのテレビでドラマを観たいのです！」

「僕、特待生でなくてよかったよ。そんなに課題出されたら、自分の時間が減っちゃう」

双樹様はスーパーハッカーですものね！　こんなことやっている暇はありませんわ。

「レイちゃんはいつお勉強なさってるの？　ピアノの練習も家事もあるでしょう？　アタクシ、不思議ですの。あんなに忙しいのに試験ではいつも一位ですし」

「授業中に教科書と参考書、たまに参考文献を読んでいます。それだけですわ。特に何かをしているわけではありません。ちなみに先生方からは許可を得ていますよ。一応、三年生までの勉強はざっくりと終わらせました」

沙羅様と双樹様の口がパクパクしている。美形の金魚のようで可愛《かわい》い。

「レイちゃんってマジ天才だったんだね。レイちゃんならスーパーハッカー（笑）になれるよ！」

「え！　本当ですか？　やだ！　どうしましょう！　カッコいいですわ！　スーパーハッカー麗子！」

私は興奮してしまった。まさか私がスーパーハッカーになれるかもしれないとは！　可能性があるというのは素敵である。

私が顔を赤らめて悶《もだ》えていると、沙羅様の冷たい視線が刺さる。

「レイちゃん、何を喜んでいますの？　レイちゃんはピアニストになるんでしょう？」

「え？　私はピアニストになる予定はありませんよ。あくまで趣味というか特技ですの。ピアノ演奏のアルバイトはその延長線上にあります。そもそも私は音楽学校に在籍しているわけでも師事する先生がいるわけでもありません。それにマリ様みたいに怪我《けが》をしたらおしまいなんて、リスクの高い職業は選びたくありませんわ」

　沙羅様が猫のようなくりっとした目を大きく見開く。

「ピアニストにはなりませんの？　あんなに毎日弾いていて？」

「もちろん、ピアノは大好きです。しかし一生の職とするには、あまりにも不安定です。私のように貧しい人間がなる職ではありませんよ」

　実家が裕福、もしくはパトロンがいなければピアニストの道は険しい。とにかくお金がかかるのだ。

「意外すぎて言葉が出ませんわ」

「サラちゃん、私は指が動く限りピアノは一生弾きますわよ。ただ、職にしないだけですの」

　双樹様は何やら思案顔だ。

「うん、レイちゃんほど頭が良ければピアノを趣味として、何かの研究者となった方が世の中に貢献できるよね」

「まあ、双樹！　そんなことないわ！　ピアノで沢山の人を感動させる方が、より多くの人に貢献できるのではなくて？」

私のことで沙羅様と双樹様が言い争っている。

「私は堅実に生きていくつもりです。少なくてもいいので安定した給料が得られれば文句はないですし。そして余った時間にピアノが弾ければ御の字ですの」

そう、私には夢ができたのだ。

マリ様が生きていた頃は、将来のことなんて考えたことがなかった。日々、目の前のことだけで一日が終わる。ピアノ、家事、介護。それだけだ。時間があれば、大家さんや同志ヨシオ、たまにモサドの田中《たなか》さんに色々と教わったが、それが読書以外の唯一の私の楽しみでもあった。

今の私の夢は安定した職につき、田舎の小さな一軒家でピアノを弾くことなの。一軒家を自分一人で造るのもいいわね。休みの日には山でキノコや山菜を採るの。お金に余裕ができたら、竈《かまど》を作って、脱穀したばかりのお米を精米して、美味《おい》しいご飯を炊くわ。鶏も飼いたいわね。朝ご飯にとれたての卵かけご飯なんて最高ではなくて？　うふふ。

そのためには卒業後に田舎の役場に就職できればいいのだが、コネがまったくない私には難しい。そして、よそ者だから受け入れてもらうのは難しいだろう。下手をすると同志ヨシオのような暮らしになる。ゆえに、この夢のハードルはなかなかに高いのだ。

「何？　卒業したら田舎暮らしをまたするの？」

「あら、また声に出ていましたか。ごめんなさい」

「それはいつものことだから、いいんだけどさ。高等部出たら就職するの？」

「その予定ですよ。もちろん大学は指示されたところは全て受けます。でも進学するお金もありませんし、奨学金を得てまで学びたいと思う学問もないのです。大学を出なければ、沙羅様たちとは友だちでいられませんか？　どんな私でも友だちでいてくれると思っていますが」

　フキさんから拒絶されてから、私の視野は随分と広くなった。私がド貧乏で住む世界が違うからといって、沙羅様たちとの縁を切るというのは沙羅様たちに対して失礼であることに気づいたのだ。互いの育った環境が違うのは仕方がない。それを承知で沙羅様たちは私と友だちでいたいと言う。それでいいのだ。住む世界が違ってもいいのだ。

まあ、この考えに至ったのは、私の両親のイカれた生き方を少し知ったせいだが。

沙羅様と双樹様は黙ってしまう。

先日、寮として提供されるマンションの下見に行ったのだが、なんだか息苦しかった。狭いわけでもないし、とても清潔でなんの問題もない。しかし、田舎暮らししかしたこと

第七章
右目が疼くアレと、
夢のオーモリツユダク

のない私にはしっくりこなかった。多分朝起きても遠くの鶏の鳴き声は聞こえないだろうし、野焼きの匂《にお》いもしないだろう。そう、大都会は匂いも音も違う。

結局のところ、私は思い出が詰まりすぎた、生まれ育ったオンボロな家が好きらしい。それでも安全上、早く出て行くべきだとは分かっているし、同志ヨシオも早く解放してあげたいと思っている。

「あの、まだ鑑賞会までに時間がありますわよね？『不良少女とよばれて』の続きを観たいのですが、よろしいですか？」

この大映《だいえい》ドラマのＤＶＤは、万里小路様のコレクションの一つで、ご厚意で貸してくださっている。とにかく面白くて、続きが気になる。最初のナレーションもいい。それにしても昭和の不良はすごい。髪の毛は爆発したようなチリチリ頭だし、チェーンをグルグル回したり、カミソリの刃を指に挟んだり。

私はすっかり万里小路様の趣味の虜《とりこ》になっている。そしてなんだかんだと言いながら沙羅様も双樹様も一緒に観るのだった。

ちなみに次の映画鑑賞会は角川三人娘と呼ばれた女優さんの一人、原田《はらだ》知世《ともよ》さん主演の『時をかける少女』を観る予定である。これも万里小路様のお薦めだ。この作品は尾道《おのみち》三部作の一つだと説明されたので、あと二作品あるのだろう。いずれ観てみよう。万里小路様のお薦めに外れはないのだ！

2

学園の講堂で鑑賞会が催される時間になった。本音を言えばマリ様の演奏より『不良少女とよばれて』の続きが観たい。モナリザが危ないのだ！

後ろ髪を引かれる思いで講堂に向かう。この講堂は、外観はアール・デコ様式だが、中は最新式の音響設備が設置されている。既に招待された方々のほとんどは会場に入って着座し、一部の方は講堂のロビーの一角でワインやコーヒーを飲んで談笑していた。

私たちはロビーで本郷猛様に会ったが、洋子様は主宰者ということで準備にあたっているとのこと。

「やあ、レイちゃん！　今日は大盛況だね」

「こんにちは。猛様。とても不思議な気がします。マリ様は本当に人気があったのですね。私が知っているマリ様はピアノがとても上手な、一老人ですもの」

わがままで高飛車で、松子《まつこ》様直伝の躾《しつけ》をする恐怖の老人だ。

「凄かったんだよ。天才ピアニストであの美貌《びぼう》だ。事故さえなければと誰もが惜しんだ方だ」

「無理をせず調整しながらであればプロとして活動できたと思うのですが、マリ様は完璧主義でしたからね」

第七章
右目が疼くアレと、
夢のオーモリツユダク

私たちが話していると、万里小路様とそのお祖母様らしき方がこちらにきた。

「九条院さん、こちらが私の祖母だよ」

万里小路様の隣にはピシッと背筋を伸ばしているが、堅苦しくなく優雅な佇《たたず》まいをした女性がいる。

「お初にお目にかかります。九条院麗子でございます」

「まあ！　白鷺マリ様によく似て美しゅうございますわね。そして、私の祖母を彷彿《ほうふつ》させる所作。洋子様ったら、こんな素敵なお嬢さんを私に紹介してくださらないなんて」

「お祖母様、まずは自己紹介なさってください」

「悠《ゆう》さん、分かってますわよ。私は悠の祖母、万里小路梅子《うめこ》でございます。私の祖母がマリ様の家庭教師をしていましたでしょう？　あなたには浅からぬ縁を感じましてよ」

それを聞いた本郷猛様が苦笑いをする。

「申し訳ない。彼女は洋子のお気に入りなんですよ。といってもパトロンにならせてもらえなくて、拗《す》ねてますがね」

「パトロンということは、麗子さんもピアノをお弾きになるの？」

「おや、洋子から今度の演奏会の招待状が届いていませんか？」

どうやら洋子様は梅子様を招いていないらしい。

「申し訳ない。何かの手違いでしょう。すぐにお送りしますね」

本郷猛様が何かを察したようだ。後で沙羅様たちに、洋子様と梅子様のことを聞いてみよう。

そろそろ鑑賞会が始まるとのことで、席に着く。

洋子様が今回の鑑賞会の挨拶をすると、正面に若かりし頃のマリ様の写真が映し出される。二十代ぐらいだろうか？　非常に残念なことに私はマリ様に似ていた。年老いたら、あのマリ様と同じような老婆になるのだろうか。嫌すぎる。

そして、コンサートホール仕様の特注スピーカーから晩年のマリ様のピアノ演奏が流れた。曲はラフマニノフの三つの夜想曲で、マリ様の美しい聴き慣れた音だ。

演奏が終わると割れんばかりの拍手が起こる。単なる録音なのに？

一部すすり泣きすら聞こえる。そんなに感動する演奏なのだろうか？

次はリストの超絶技巧練習曲第四番、マゼッパだ。これは私もかなり練習した曲である。

私は一度聞いた曲は忘れないし、暗譜も譜面を一度見たら記憶してしまうので苦労しない。しかし、やはりピアノはいかに練習をするかが重要だと思っている。だから私は練習を欠かさない。

最後は先日、私も弾いたドビュッシーのベルガマスク組曲。ああ、懐かしい。目を閉じてあの頃を思い出す。

ん……？　これは私の演奏だわ！　あのカセットテープには私のものも混ざっていたのね。恐らく六歳くらいの時の演奏。

演奏中ではあるが、こそこそと洋子様の元へ私の演奏であることを告げに行く。このまま私の演奏を流すわけにはいかない。マリ様の演奏ではないので、観客を騙《だま》すことになる。しかし、そのまま演奏は最後まで流されたのだった。

そして全ての演目が終わったところで洋子様が挨拶をした。その際にベルガマスク組曲は私が演奏したものと観客の方々に告げる。謝罪をするのかと思いきや、しない。それどころか私を舞台の上から呼ぶのだ。

洋子様に呼ばれて行かないわけにはいかない。私は真っすぐ歩いていき、舞台の洋子様の隣に立つ。

「最後の演奏は、九条院麗子さんが六歳の頃のものでした。皆さま、ごめんなさいね。ワタクシの確認不足でしたわ。でも素晴らしい演奏でしたでしょ！　彼女は白鷺マリ様の唯一の弟子で、唯一の孫娘ですのよ」

ええ……。今回はマリ様の演奏が聴きたくて集まってらっしゃるのですから、ちゃんと謝罪をすべきではないでしょうか。『魁!!男塾』で三面拳が登場するたび死ぬ流れになるくらい酷いと思うのですが。しかもあの富樫くんと同じ回数ですよ！　でも次には復活しているんですよね。……いえ、そうではなくて、この場合はそうではなくて、うーん、ああ、いい喩《たと》えが見つかりませんわ！


どうでもいいことを考えていたら、挨拶をするように促される。

「白鷺マリの孫の九条院麗子でございます。先ほどは大変申し訳ございませんでした。お聞き苦しい演奏を披露しましたこと、高いところから失礼ではございますが、心から謝罪申し上げます」

私は頭を深く下げる。その様子に洋子様が慌てて、耳打ちをしてきた。

「レイちゃん、あなたが謝る必要はなくてよ。それに素晴らしい演奏だったわ」

「生意気を申し上げますが、こちらに足をお運びになられた方々は白鷺マリの演奏を聴きにいらしたのです。謝罪は当然かと思います」

私たちは小声で話したつもりだったが、マイクが音を拾ってしまい、客席が騒《ざわ》つく。

私は再度お辞儀をすると、舞台から降りて元の席に戻った。

何はともあれ、鑑賞会は終わった。天国ではなく地獄にいるに違いないマリ様も喜んでいるだろう、とはまったく思わない。マリ様は完璧主義者だったので、こんな録音した音を自分の音だとは思われたくないはずだ。

第七章
右目が疼くアレと、夢のオーモリツユダク

私と沙羅様たちが講堂のロビーに出ようとした時、不意に腕を摑《つか》まれた。

「九条院麗子……今すぐ君のピアノを聴かせろ」

そこには滂沱《ぼうだ》の涙を流す城山ミハエル円サマがいた。

「突然、なんでしょう」

後ろには城山サマのご両親がいる。息子の奇行に驚いているようだ。驚いていないで諫《いさ》めてほしいのだが。

「君のピアノを聴きたいんだ！」

何を言っているのだ、この人は。頭に鳩を乗せていたという話が信じられない。これでは鳩がゆっくりできないではないか。いや、ある意味信じられるかもしれない。どちらにせよ普通ではない！

「九条院さん、すまない。こら！　ミハエル！　手を離しなさい！」

なんだか散歩中の犬に叱《しか》っている感じだが、きっと叱り慣れていないのだろう。

「城山さん、何してんのさ」

双樹君がお怒りモードである。沙羅様も同じく。さすが双子、息が合っている。私は摑まれた腕をさすっていた。

「ああ、申し訳ない、うちの息子が」

その様子を見た城山サマのお父様が私に頭を下げる。

「どうぞお気になさらずに」

私はそう言ってその場を離れるつもりだったが、城山サマが叫ぶ。

「聴かせてよ！　あのピアノ、ボクに聴かせてよ！」

なんでこんなに聴きたがるのだろうか？

「城山様、どうしてそんなに聴きたいのですか？」

私がそう尋ねると城山サマは言葉に詰まってしまう。どうやら言語化が苦手のようだ。

それを見て、双樹様が私の袖《そで》を引っ張った。

「レイちゃん、行こうよ。城山さん、レイちゃんのピアノはコンクールで聴けるでしょ？」

洋子様も騒ぎに気づいてこちらにきた。

「そんなにお聴きになりたければ、今度の演奏会にいらっしゃいな。また招待しますわ」

その洋子様の後ろから、更に声が聞こえる。

「洋子様！　私も招待してくださるわよね？　私に白鷺マリ様の孫娘、麗子さんのことを教えなかったわね。まったく、根性悪なのは相変わらずだこと」

「あら、梅子様。何をおっしゃってるの？　たまたま、お伝えする機会がなかっただけですわ。あなたって昔から私のものがお好きよね？」

「なんですって？　それは洋子様の方でしょ⁉」

第七章
右目が疼くアレと、夢のオーモリツユダク

「いいえ、梅子様の方よ！」

上品な方々だと思っていたのにあまりの子どもっぽさにドン引きである。この二人の言い合いは更にヒートアップする。

「レイちゃん、この二人は昔からこうなんですって。多分、お互いの存在が張り合いになっていると思いますわ。だから放っておいて大丈夫ですのよ」

確かに城山夫妻と私以外の方々は、お二人を生温かく見守っている。

しばらくして万里小路様もこちらにきた。

「祖母が迷惑をかけているみたいだね」

「よく分かりませんが、お互いに好敵手といった関係なのでしょうか？」

「九条院さん、そんな大層なものではないよ」

「レイちゃん、あの二人は似過ぎてんの。性格も趣味も。だから仲が悪い」

それぞれの孫は呆れており、そろそろ二人を引き剝《は》がし連れ帰ろうと話し合っている。

この騒ぎの間に城山サマはご両親に連れて行かれた。去り際に城山サマのお父様が、詫《わ》びは改めてするとおっしゃったが怪我をしたわけでもないので必要ないと断った。実際、腕を摑まれただけだし。

頃合いを見て、万里小路様と双樹様が二人の老女をそれぞれ連れて行く。いつもは上品で綺麗《きれい》なのに、子どものようだ。そんな彼女たちの姿はマリ様を彷彿《ほうふつ》させた。

もしかして、金持ちの上流家庭で育った女性ってわがままなのが普通なのだろうか。偏見はよくないが、マリ様に似ていたわ！　フキさんとは違う。

フキさんはあんな風に感情的になることはなかった。いつでも穏やかだった。感情を抑えていたのだろうか。マリ様に何を言われても怒ったことはなかった。悲しそうな顔は何度も見たが。

文化祭で会った時、フキさんは私を拒絶したけれども、やはり何か理由があると思う。というか何か理由があったと思いたい。これは私の願望だ。切望だ。

私たちはマリ様の演奏の余韻に浸る暇なく、講堂を後にした。

戻ってきた洋子様は更に元気になっていた。心なしか血色が良い。やはりあのお二人は互いに好敵手なんだと思う。

3

鑑賞会の翌日、朝から桜田優里亜サマに挨拶もなしに絡まれた。

「あなた、まだ私に協力するつもりになれないの？　スマホの番号も教えてくれないし」

「おはようございます。桜田様。何度も説明しましたが、スマホは借り物ですので番号はお教えできませんの」

第七章
右目が疼くアレと、
夢のオーモリツユダク

「あなたって、本当に貧乏らしいわね。林田《はやしだ》が言ってたわ。小屋みたいな家に住んでるって。その林田はこの間、解雇されたけれど。やっとあのねちっこい視線から解放されたわ」

林田サンといえば、あのとんでもなく失礼なサクラダオンラインの社長秘書だ。解雇されたのか。そもそもなんであんな人を秘書にしていたのだろうか。

「スマホくらい私が用意してあげるわ。だから、転生者のよしみで協力してよ。ヒロインの結城美羽《ゆうきみう》と小鳥遊亮《りょう》は付き合うようになったし。他のルートの攻略対象はミハエル様以外はみんな婚約者がいないのよ」

それは初耳である。あの城山サマに婚約者がいるのか？

「ミハエル様のお母様がドイツの大貴族の末裔《まつえい》のお嬢様でね、その関係でドイツに婚約者がいるらしいの。本当なら日本でなくヨーロッパで活躍しているはずなのに、何故かまだ日本にいるのよ。これって、私のせいよね？」

ああ、妄想が加速している！　もう私の手には負えない。本当に浅はかなことをしてしまった。四月の私、愚か者め！

「私、とても不思議に思っていますの。何故ヒロインの結城さんは攻略対象の方々の目にとまりませんの？」

「それは、私が邪魔をしたからよ」

自信満々に答える桜田優里亜サマ。

「……。桜田様の目的はなんでしょうか？　逆ハーレムですか？」

「うーん、逆ハーはねぇ。体がもたないわ。薫君と付き合って、周りに万里小路様やミハエル様、陽水《あきみ》さんがいるって感じかしら。できたら双樹様もその中に入れたいんだけど、沙羅様が邪魔なのよね」

これはダメだ！　悪化の一途を辿《たど》っているではないか！

伝家の宝刀を出す時が来たようである。

「ここが乙女ゲームの世界でも、ここで生きる皆さんには現実の世界ですわ！　皆さん、それぞれ意思がある人間なのですよ。それをゲーム感覚で攻略しようなんて、酷いですわ！」

ネット小説でこんなセリフをよく見る。攻略対象も当て馬も悪役貧乏人もモブも意思を持つ人間なのだ、というやつである。

「うっ。分かってるわよ、そんなこと。でもせっかく乙女ゲームの世界に生まれ変わったのよ。ヒロインじゃなかったけど、このポジションは逆ハーしちゃう感じでしょ？　薫君は幼馴染《おさななじ》みだし、陽水さんとは親戚だし」

伝家の宝刀もダメか！

私は肩を落とす。とりあえず、葛城サマと一条先生は犠牲になってもいいとして、双樹様と万里小路様はだめだ。

最近親しくなった万里小路様は本当に良い方なのだ。

だって、『ゲームセンターあらし』の話ができたのよ！　お互いに情報交換もしているの。私は白土三平先生の『カムイ伝』をオススメしたわ。微妙に七〇年代サブカルから外れるので万里小路様は読んだことなかったみたい。

読み終わった後、万里小路様は変わったわ。現代日本が、自分がいかに恵まれているのか、熱く語られたのよ。変なスイッチが入ったみたいだけど、いずれ元に戻ると思うから心配はしていないの。

沙羅様と双樹様も、万里小路様にすごく懐いているし。ふふ、双樹様は一見嫌がっているように見えるけれど、構ってもらうの本当は嬉《うれ》しいのよね。天《あま》の邪鬼《じゃく》だわ。でも葛城サマのことは本当に苦手みたい。葛城サマは花丘町に住む高齢で耳の遠いインターポール山《やま》本《もと》さんなみに、人の話を聞かないんだもの。

ちなみに私は万里小路様を尊敬している。だって本当に面白い作品を知っているの！　ギャグ漫画も貸してくださるの。『シェイプアップ乱』は下品なのに、ホロリとする場面があるのだけれど、あの下品さに再度覆されるの。凄い作品だと思うわ。そして、あの貧乏な樋口《ひぐち》左京《さきょう》君は素敵。

でも、この作品は沙羅様には読ませられないわね。双樹様にも無理かも。私はエログロナンセンスの作品を昔から読んでいるので、特に嫌悪感はないの。『家畜人ヤプー』は流石《さすが》にドン引きしたけれど、最後まで読んだわ。なんだかんだ言って面白いんだもの。

……現実逃避している場合ではない。そんなことより、目の前の桜田優里亜サマだ。考えろ、考えるんだ、麗子！

「桜田様は逆ハー狙って、失敗した時のことを覚えていませんか？」

「何それ？」

「ヒロインが逆ハー失敗すると、誘拐されて海外に売り飛ばされるというバッドエンドですわ。え？　ご存知ないの？」

即席で作った話は、現実味がなかった。下手を打ったと後悔するが、桜田優里亜サマは青ざめている。まさか信じたのだろうか？

「ねぇ？　それ本当なの？」

「……本当ですわよ。逆ハー失敗すると、恨みを買った男に誘拐され、密輸船で海外に連れて行かれますの」

私はわざとらしくため息をつく。

「こんな怖い結末、お話ししたくありませんでしたが、まさか逆ハーを狙っているなんて。ですから、普通に葛城様とお付き合いなさればいいのですよ。浮気はダメですよ！」

「わ、分かったわ。薫君だけにする」

よし、これで当分、双樹様も万里小路様も大丈夫だろう。

我ながらかなり無理やりなこじつけだとは思うが、葛城サマにはサンドイッチの恨みがあるので、同情はしない。そもそも多数の男性と関係を持とうという方が異常なのである。

「頑張ってくださいね！」

その後、私は一つ気になっていたことを尋ねた。

「ところで、あの林田さんという元秘書の方はどうして雇われていたのですか？」

サクラダオンラインのような大手企業の社長秘書にあんな男をすえるのはおかしい。桜田優里亜サマは嫌そうな顔をして答えた。

「林田はね、有名大学を中退した男で、パパの若い頃に似てたんだって。才能も野心もある。私に言い寄っているのをパパが黙って見てたのは、もしかしたら林田がトップに上りつめるために私を落とすかもしれないからって。うちのパパ、頭がどうかしてるわ。娘が可愛くないのかしら？」

桜田優里亜サマのお父様もなかなかに酷い。しかし、成功する起業家はこのくらい変わってないとダメなのかもしれない。普通の人ではきっとダメなのだろう。多分。

「教えてくださってありがとうございます」

私はそう言うとその場を離れた。今日は沙羅様も双樹様も遅い。何かあったのだろうか。

いつもならとっくに来ているはずなのに。

朝のHRが始まっても、一時限目が始まっても二人は現れず、二時限目が始まる前に双樹様からメッセージが届いた。

沙羅様と双樹様が車で学園に向かっている途中、お父様である潮様《うしお》が、ニューヨークで交通事故に遭ったとの連絡が届いたらしい。それで二人は飛行機でこれからニューヨークに向かうとのこと。幸いなことに命に別状はなく、すぐに退院できるという連絡が先ほどきたが、しばらく沙羅様と双樹様はニューヨークでお父様と過ごすことにしたらしい。

潮様は大丈夫かしら？　命に別状がなくてすぐに退院できるならば、きっと心配はないのよね。

いつもはお忙しいお父様と親子水入らずで過ごせる機会なんて少ないでしょうから、ニューヨークでゆっくり過ごせますように。沙羅様ってお父さんっ子なのよね。存分に甘えられるわね。双樹様も素直になれるといいんだけど。

そんなことを考えつつ、今日のお昼のことにも思いをめぐらせる。今日は二人にお弁当を作る日だから、二人分のお弁当があるのだ。頑張って一人で食べねばならない。こんなことならば、朝ご飯をお代わりするのではなかった。

沙羅様たちがいないので、今日からしばらくサロンではなく、食堂を利用することになる。


だったらお弁当ではなくてランチを食べてもいいわよね？　カードがあるもの。

明日からランチを食べることにしましょう！


私は一人、お弁当を携えて食堂に向かうのだった。

4

食堂はサロンのカフェとは異なり、賑《にぎ》やかである。

私は空いていた隅の方の席に座る。すると上級生らしき方々からその席は誰々の席だから移動しろと言われてしまった。

よくある暗黙の了解で、席が大体決まっているのだろう。私は仕方なしに移動するが、どこに座ればいいのか分からない。沙羅様たちと食堂に来た時は何も言われなかったことを思い出し、私は随分と沙羅様たちの恩恵に与《あずか》っていたのだと今更ながら痛感する。ヒエラルキー最底辺の特待生の私が沙羅様たちと友人だからといって優遇されたら、面白く思われないだろう。

一人になって気づくことは多い。

空いていそうな席を探すためにウロウロしていると、同じクラスの外部生が私に声をかけてくれた。

「九条院さん、こっち空いてるよ」

「木本《きもと》さん、ご一緒してもよろしいのですか？」

「困ってるんでしょ？　いいよ、いいよ。みんなもいいよね？」

木本さんは、同じテーブルにいる外部生と特待生のクラスメイトに聞く。木本さんを入れて五人の男女混合グループの皆さんは快く仲間に入れてくれた。

「どこに座ればいいか分からず困っていたのです。大変助かりました。ありがとうございます」

私はお礼を言って座る。

「いっつも、本郷様たちと一緒だから声かけられなくてね。ほら、入学したての頃、私たち九条院さんを無視したでしょ。九条院さんはお金持ちで名門の家の出だけど、ワケあって特待生なんだって聞いて。だから私たちを虐《いじ》めるだろうから注意しろって桜田様に言われたの。しばらくしたら、そんなことないって気づいたんだけどね……。ずっと謝りたかったんだ。ごめんね！」

第七章

右目が疼くアレと、夢のオーモリツユダク

グループの中の一人の女の子が手を合わせて謝る。

「いいえ、私の方こそ空気が読めていなくて申し訳ありませんでした」

私たちの周りの空気が柔らかくなる。

「あの文化祭の合唱はすごく楽しかったよ！　俺《おれ》たち、劇のグループに入れてもらえなかったから仕方なく合唱だったんだけどさ」

「そうそう！　九条院さん、むちゃくちゃ熱心なんだもん」

「しかも本番三日前には、ＤＪやり始めるし」

「うちらの合唱が一番盛り上がったよね！」

「マジで！　この学園に入って、一番楽しかった！」

そういえば、小鳥遊様と結城サンのロミオとジュリエットはどうだったのだろうか？

私は劇を観ずに早退したから知らないのだ。そのことを木本さんに尋ねてみた。

「結城さんのジュリエット、内部生から大分叩かれたみたいだね。外部生が主役なんて許せないって声が上がって、観客自体が少なかったみたい」

「でもさ、その結城さんも最初は俺らと一緒にいたのに、今じゃほとんど話しかけてもこないし」

「あの最初の時に、内部生とか外部生とかで区別するのはおかしい、みんなで頑張ろう！　って言ってたの、なんだったんだろうね」

「最近、態度悪いし。彼女のせいで外部生の評判自体が落ちて、あたしたち迷惑してるんだ」

結城サンは外部生たちの輪から離れたようだ。

皆さんの話に耳を傾けながら、私はお弁当を広げた。

「え？　何？　これって竹の皮に包んでるの？」

やはりこのおにぎりは珍しいらしい。

「うふふ。この竹の皮は毎年五月に近くの竹林で拾うんですよ。そして乾燥させて保管するんです。今年もいっぱい拾いました」

皆さんのお箸《はし》が止まる。

「九条院さんが拾ってるの？」

「勿論ですよ。私、身寄りもない貧乏人ですもの」

「またまた〜。九条院さんでも冗談言うんだね」

私は首を傾《かし》げた。冗談なんて言ってないのだが。

「冗談ではありませんよ。私は貧乏人、いえ、ドがつく貧乏人ですわ」

外部生グループが騒つく。

「でも学校の通学、運転手付きの車じゃん？」

「ああ、あれは完全なるご厚意でして。私の祖父がその方の恩人らしいのです。私は公共交通機関を使うと片道二時間かかるところから通っているのですが、私の身の安全を心配してくださって。私は大丈夫だと思っていますが、結局ご厚意に甘えてしまっているわけなのです」

グループの皆さんが顔を見合わせる。

「ねえ、どこから来てんの？」

「落花生が有名な花丘町です。私の家の周りには落花生畑はないのですが。あるのは田んぼと畑と山ですわね」

何故か静まり返った。

「嘘《うそ》。あそこに芋掘り遠足で行ったことあるけど、すごい田舎だよね？」

「ふふ。田舎ですわね。自然がいっぱいでしてよ。猪《いのしし》も鹿《しか》もいますわ」

そろそろお弁当を食べたい。しかし、質問攻撃でまだ一口も食べることができない。お腹が鳴りそうだ。

再び静かになったところで、私は小さくいただきますと呟《つぶや》いた。そして、やっとおにぎりに手をつけようとした時、後ろから声がした。この声は葛城薫サマだ。振り返りたくない！

「レイちゃん、すっごい久しぶり！　なんか全然会わないよね？　なんでだろ」

それは万里小路様のお陰《かげ》です。

「本郷双子はいないんだな。あれ、弁当二人分じゃない？　一つ貰《もら》っていい？」

　私が拒否する前に手が伸びてきた。私がお弁当を守ろうとすると、早歩きでこちらにやってきた万里小路様が葛城サマの手を叩く。

「薫、みっともない真似はやめろ。九条院さん、ごめんね」

「いいえ、万里小路様に謝っていただくことではありませんわ。万里小路様はもうお昼済みになられましたの？」

「いや、まだだよ。逃げた薫を迎えにきたんだ。生徒会の仕事があってね。君、薫を生徒会室まで連れて行って」

「あ、ちょ……！　俺のおにぎりがぁ」

　葛城サマは生徒会役員と思われる方々に連れ去られて行った。まったく困ったお子様王子様だ。

「万里小路様。もしよろしければこのお弁当、召し上がりませんか？　今日はサラちゃんたちにお弁当を作る日だったので、私一人では食べきれないのです」

「え、いいの？」

「万里小路様にはいつもお世話になっておりますし。私の作ったお弁当でよければどうぞ」

「じゃあ、遠慮なくいただくとしよう」

　私は沙羅ちゃん用のおにぎりだけを手元に残し、あとは全部風呂敷に包んで万里小路様に渡した。

「生徒会のお仕事頑張ってください」

「ありがとう」

爽《さわ》やかに万里小路様は去って行った。そのやり取りを見ていた木本さんたちは、興味深げに私に質問をしてくる。

「九条院さんって万里小路様とも親しいの？」

「そうですわね。万里小路様のお祖母様が私の祖母のファンでして、その縁で親しくさせていただいています」

「おばあちゃん、何してた人？」

「ピアニストでした」

みんなは頷《うなず》いたり、なるほどねえと言ったりしている。

「だから、ピアノ上手いんだね。合唱の時もピアノの伴奏すごかったし。でも結局ＤＪだし」

「そうそう、マジでビックリした。腕振り上げててさ。本番のあの格好！　アラン・ウォーカー好きなの？」

「そうなんです。うふふ」

私はようやくおにぎりを口にする。

「本当に今までごめんね」

「どうぞ、お気になさらず。私の態度も良くなかったのでしょう？　お互い様です。今日、私は皆さんと仲良くできてとても嬉しいです」

「じゃ、じゃあさ、今度、みんなで一緒にどっかに行かない？」

「おまえ、調子乗りすぎ！」

私はこんな風にクラスメイトに誘われたことがない。

「私は皆さんとどこかに行ってみたいです」

「お、九条院さんがノッてきた！　マジで？　マジ？　九条院さんはどっか行きたいところある？」

行きたいところはあるが、財布と要相談だ。いいえ、ここは思いきるべきだ！

「牛丼屋の吉野家《よしのや》に行ってみたいです！」

「へ？　俺はたまに行くけど、ここの学校に入るような女子は行ったことねーんじゃねえか？」

「そうね、あたしはないわ」

なんと、女の子は行かないのか？

「九条院さんは行ったことあるの？」

私は首を横に振る。

「オーモリツユダクと注文してみたいのです。カウンターで食べてみたいのです」

私がそう語ると、爆笑が起きた。

「大盛りつゆだく、あり得ねぇ！　お嬢様が大盛りつゆだくをカウンターで食べるとか、シュールすぎ！」

「私ごときが行ってはダメですか？」

私は悲しくなってしまう。やはり、にわかはダメなのだろうか。

「うわ、待て待て！　そんな悲しい顔すんなよ。そんなに行きたいなら、連れてってやるよ」

「あたしも行ってみたいかも」

「そんじゃ、僕も」

私たちは来週の放課後に吉野家に行くことになった。私にも外部生と特待生の友だちができたのだ。スマホの番号の交換は、このスマホは借り物だからできないと言うと納得してくれ、その代わりに家の電話番号とフリーメールアドレスを交換する。

「九条院さんちの家電の番号とか、すごいもん手に入れた感じがする」

「ちょ、おまえ、悪用すんなよ」

「ばーか、するかよ」

「男子って子どもだよね」

「本当。呆れちゃうわ」

おお、なんか漫画で読んだ高校生活のようだ。私にもこんな機会が訪れるとは！

私は嬉しくて頰《ほお》が緩みっぱなしである。沙羅様と双樹様以外のクラスメイトの方々と仲良くなるのは初めてだ。

「九条院さんって、すごく気さくなのね。ほら、喋り方とか立ち居振る舞いがすごく上品で洗練されてて、近づきにくかったんだよね」

「あら、そうでしたの。どうしたらいいのかしら？」

「いやいや、そのままでいいよ！　ギャップがいい！」

「だね！　だって美人で頭いいのに、ＤＪやったり、吉野家に行きたがったり、面白いじゃん」

私を私のままで受け入れてくれる人が他にもいた。私は少し斜《しゃ》に構えすぎていたのかもしれない。

私は脳内でシミュレーションする。オーモリツユダク。

そもそも何故吉野家に行きたいのか。動画検索していたら、吉野家コピペなるものを棒歌ロイドと呼ばれる「ゆっくり」が読み上げているものを見つけた。エキセントリックで心惹《ひ》かれたのだ。内容はよく分からないけれど、オーモリツユダクという単語の響きにぐっと胸を鷲摑《わしづか》みにされた。

そんなことを外部生と特待生のグループで話していたら、吉野家コピペなるものは元々ネット文化のものだと、特待生の男の子が教えてくれる。私たちが生まれる前のものらしい。

花丘町の中でも、私の周りの文化は異常に古臭いことを今更ながら認識したのだった。

5

放課後、近いうちに行く吉野家に想いを馳《は》せながら校舎の長い廊下を歩く。

いつも廊下はピカピカだ。業者の方が掃除をしているからだろう。さすがプロである。

私に外部生と特待生のお友だちができた。

皆さんにさようならと挨拶をすると、笑顔で挨拶が返ってくるのは凄く嬉しい。礼節だなんだと私は頑《かたく》なに挨拶をする主義ではあるが、無視されると少しだけ心がへこむ。

昼食後から私は嬉しさのあまりだらしない顔をしていたと思う。

私は廊下の窓からそぼ降る雨を見ながら、吉野家に行く時は晴れているといいなと願う。時間をかけて通学するのも後ひと月だ。学園から提供されるマンションは、学園のすぐ近くで徒歩での通学になる。

時間に随分と余裕が生まれるが、こんな大都会に馴染《なじ》めるのかが心配だ。

傘をさし一人で校舎を出たその時、小鳥遊様から声をかけられた。

「九条院。お前のせいでフキばあちゃんが入院したんだぞ！　お前が荷物なんか送りつけるから。フキばあちゃん泣いてさ。それからずっと塞《ふさ》ぎ込んでて、とうとう昨日入院したんだぞ！」


フキさんが入院？

ああ、容態はどうなのだろうか？

フキさん、フキさん！


傘が手から落ちる。

私は小鳥遊様に頭を下げた。

「お怒りはごもっともですが、どうか、どうか一目フキさんに会わせてください。お願いします。どうか、会わせてください」

私はなりふり構わず小鳥遊様に頼むが、その態度がかえって彼の怒りを買ってしまったようだ。

「お前が元凶なのに、ふざけんな！」

私は肩を押されて、後ろに倒れ込んだ。それでもみっともなく、小鳥遊様に頼む。

「お願いです。会わせてください！」

私は倒れたまま半身を起こし、頼み続ける。雨は段々強くなってきた。

その異様な光景を見た生徒が揉《も》め事だと思ったようで、生徒会に告げたらしい。

「九条院さん！　何をしてるの⁉」

万里小路様の声だ。でも私は頭を下げ続けた。

「お願いです。フキさんに会わせてください」

「会わせられるか！　お前みたいなやつに。フキばあちゃんの人生を奪ったやつに！」

その時、鈍い音がした。私が顔を上げると、小鳥遊様が尻餅《しりもち》をついている。

「小鳥遊！　お前、レイちゃんに何してんだ！」

葛城サマだった。葛城サマが小鳥遊様を殴ったのだ。

「こいつは、俺のひいばあちゃんをこき使った女だ。あんな優しいひいばあちゃんを奴隷のように扱って。クソみたいな女だ！　あんたたち、生徒会長も副会長もこの女に騙されてんだよ！　バッカじゃねえの！」

葛城サマは恐ろしく冷たい目をして、小鳥遊様を見下ろす。

「俺は俺の見たことしか信じない。レイちゃんの弁当は最高だ。今日の弁当も最高だった。悠さんのせいであんまり食べられなかったが。悠さんはケチだ。あの料理を作るためには、長い期間料理を学び続けなければならないだろう。レイちゃんは一人暮らしだ。もし、お前の言うことが正しいならば、奴隷の曾祖母がいなくなって、一人で暮らしていけると思うか？」

「そ、それは、その女が本郷家の人たちを誑《たぶら》かして、やらせてんだよ」

「お前は馬鹿か。本郷家も侮辱するのか」

私は万里小路様に肩を抱えられ、立ち上がった。

「九条院さん、ひとまず保健室に行こう。風邪をひいてしまうよ」

私は首を横に振る。

「わ、私はフキさんに会いたいのです。そんな資格がないとは分かっていますが、体を壊して入院しているのです。マリ様みたいに亡くなったら、二度と会えない……」

私は泣いていたが、雨が降っているから気づかれないと思っていた。

万里小路様は、私を横に抱きかかえて校舎に向かう。

「泣いている女の子を黙って見ているわけにはいかないよ。それに、この件は生徒会で預かることになった。問題を起こしたのが、次期生徒会役員候補だからね」

「お、下ろしてください。わ、私は歩けます」

「保健室までは抱えていくよ。怪我もしているしね。小鳥遊に押されて倒れたという情報がこちらに入っているんだ」

万里小路様の怒気を含んだ声は、静かでそれがかえって恐ろしい。

「私は、私は……！」

「とにかく、保健室で着替えて手当てをしてもらおう」

万里小路様に抱えられて保健室に着くと、一条先生は私のずぶ濡《ぬ》れで汚れた姿に驚いて、コーヒーを噴き出した。

「先生、汚いですよ。九条院さんの手当てと着替えを用意してください」

先生は慌てて、私の様子をみる。

「怪我は大したことなさそうだが、体が冷えてるな。シャワーを浴びて着替えた方がいい」

保健室の隣の予備室にはシャワールームも付いている。この部屋に入るのは三度目だ。

私は先生に言われるがまま、シャワーを浴び着替えた。また学校の制服を借りることになったのだ。

髪の毛を拭いて、ドライヤーをかけた。


ドライヤー。

昔、大家さんの息子さんからお古のドライヤーを貰ったことがあるけれど、使ったらヒューズが飛んだのよね。

ふふ、マリ様はびっくりして変な声あげるし、フキさんはオロオロ困っているし。

私がロウソクの灯《あか》りを頼りに、ヒューズの交換をしたんだわ。

懐かしい。

私にはマリ様とフキさんの思い出が沢山ある。マリ様が亡くなる前は毎日が苦しくて、早く介護生活から逃げたいと思っていた。だからマリ様が亡くなってホッとした。でも、今になって寂しくなっているのだ。マリ様がいない日々。マリ様には二度と会えない事実は堪《こた》えるものがある。

だから、フキさんにはどうしてももう一度会いたい。もし亡くなるようなことがあったら、必ず後悔する。

着替え終わり保健室に戻ると、万里小路様と葛城サマがいた。

「髪の毛下ろしているレイちゃんも可愛いね！」

「薫、空気を読め！」

一条先生がお茶とお菓子を用意してくれているが、今日はなんだか美味しそうに見えない。

「お世話になりました。万里小路様、葛城様、ご迷惑をおかけして申し訳ありません」

私は頭を下げると、葛城サマが騒動を目撃した生徒や小鳥遊様本人の話をまとめて、簡単に私に事実確認をする。

「この間の鑑賞会のピアニストの使用人が小鳥遊の曾祖母なんだってね。あのピアニスト、レイちゃんに似てて、すっごく綺麗だったな！　美人すぎ！　なんか木立に佇《たたず》んでいる写真が俺的には一番ぐっときた」

「薫、真面目《まじめ》に話せ」

万里小路様が葛城サマを小突く。

「で、その曾祖母がレイちゃんのせいで入院したと小鳥遊は言っているんだが、さっぱり意味が分からない。レイちゃんは、その人の荷物を送っただけなんだろ？」

葛城サマの言う通りなのだが、私が送った荷物がきっとフキさんを落ち込ませるトリガーとなったのだと思う。

そう答えると、葛城サマは私の両肩をがしっと掴んだ。

「レイちゃん、悲劇のヒロインは格好悪いぞ！　そもそも小鳥遊の話も憶測でしかない。あいつが勝手に思い込んでいるだけだ。レイちゃん、しっかりしろ！」

私は葛城サマに激しく揺さぶられ、気持ち悪くなってしまう。万里小路様が止めてくれなければ、きっともどしていただろう。葛城サマは加減を知らない。

これ以上話すこともないので、私は家に帰ることとなった。運転手の川田《かわだ》さんには保健室から連絡をしたが、心配しているようだ。

車のところまで、万里小路様が送ってくれる。

「レイちゃん、私にできることがあったら言ってほしい。私たちは昭和サブカル仲間だろう?」

「ありがとうございます。……万里小路様まで私を下の名前で呼んでいますのね」

「あ、ごめん。薫のが移ったんだ。不快だった?」

私は首を横に振った。

「……なんだか嬉しいです」

万里小路様が美しい顔で微笑《ほほえ》むので、私は恥ずかしくて目を伏せる。

沈みきった気持ちがほんの少しだけ浮上した気がした。

6

翌日起きると寒気が酷い。熱があるようだ。しかし、うちには体温計がない。認知症だったマリ様が割ってしまったのだ。そして買い換える前にマリ様は亡くなった。

水銀がポロポロと丸い玉のように転がっていくのを介護で疲れた私はぼーっと眺めていた。本当に液体の金属なんだなぁと片付けながら思ったのを覚えている。

体温計がないから正確な体温は分からないが、恐らく熱がある。昨日、雨で体を冷やしたせいだろう。

今日は学園を休む旨を運転手の川田さんと学園に連絡した後、水枕を用意しようとしたが、上手く力が入らずクリップが留められない。私は諦《あきら》めて、手ぬぐいを濡らしおでこに当てて布団に入る。

雨の音が聞こえる。

暗くて静かだ。

寝巻きは私の手作りだ。和裁はフキさんに教えてもらったので、浴衣くらいならば縫える。この寝巻き、色んな手ぬぐいを合わせて作ったもので、なかなか可愛いと思う。

私は時折、白湯を飲みに台所に行き、また寝る。

食欲がないから、白湯に塩と砂糖を入れて飲んでいる。息が苦しい。

雨の音を聞きながら、うつらうつらしているともう夕方だった。スマホを見ると沙羅様たちからメッセージが届いている。

お父様は軽い打撲で済んだとのこと。そして、沙羅様たちはこのまま一週間ニューヨークで過ごすらしい。マンハッタンの超高級ペントハウスで親子三人が笑顔でくっつき合っている写真が添付されていた。

私は今、一人で薄暗くなった部屋で低い天井を見つめている。病気になると心が弱くなって嫌だ。比較しても詮無《せんな》いことと分かっているのに、沙羅様たちとのあまりの差に惨めになる。

沙羅様たちと出会わなければ、知り得ない世界だった。この閉じられた花丘町にいた時は、こんな感情を持ったことがない。惨めだなんて、思ったことないのだ。

私は沙羅様たちに風邪のことは伏せて返事を書く。フリーメールアドレスの方にも木本さんたちからメールが来て心配してくれていた。友だちっていいなと思いながら、木本さんたちには、『心配してくれてありがとうございます。風邪をひいたのでお休みしていいます』と返す。

体が重い。だるい。でも水分は取っておいた方がいい。ああ、入院中のフキさんは大丈夫だろうか。

私はふらふらしながら白湯に塩と砂糖を入れたものを飲む。そしてまた横になる。

寒気はなくなったが、その代わりに体中が熱い。

息も荒くなる。夜中もうつらうつらして過ごす。

朝になったのだろうか？　窓から日が差し込む。今日は晴れたようだ。

今日も学園を休む旨を伝える。手が震えて上手く電話ができなかったが、どうにか伝えることができた。

受話器を置くと、意識が遠のいていった。

気づいたら、枕元に大家さんが座っていた。

枕は水枕に、寝間着も新しいものに替わっている。

「お、大家さん。あ、あれ、どうして？」

大家さんは優しい顔をしている。恋に狂う前の顔だ。

「起きたと？　気分はどがんね？」

大家さんの言葉は長崎《ながさき》弁だ。元々長崎の人なのだ。

私は大家さんの柔らかい言葉を聞いて、酷くホッとした。

「ありがとうございます。大家さん」

「なあんも食べとらんとやろ。おかゆば作るけん、まっとって」

大家さんはそう言うと台所に立った。私はコンロに鍋《なべ》が置かれる音や、水道の音を聞きながら昔のことを思い出す。


そう、昔おたふく風邪になった時、フキさんがこんな風に世話をしてくれたのよね。

……よく考えたら、私ってほとんど風邪ひいたことがないわ。すごく健康体なのよ。風邪のひき始めには、葛根湯《かっこんとう》を飲んでいたし。

葛根湯はモサドの田中さんに作り方を教えてもらったわ。山に生えている葛《くず》の根をすりおろして、布でこして放置すると、底にでんぷん質が沈殿するの。それを乾燥させると葛粉の出来上がり。それに生姜《しょうが》やニッキやナツメの乾燥したものを入れて葛根湯の完成。すごく手間がかかるのよ。

田中さんは裏山に生えている植物で漢方薬の作り方を教えてくれたわ。リンドウ、センブリ、他にもいっぱい薬になる植物が自生しているのだけれど、生薬は有効成分が環境や個体に依存するから、参考までに習ったのよね。素人が作って服用しては危ない。だから私が実際に飲んでいるのはちゃんとモサドの田中さんが教えてくれた葛根湯だけなの。

……モサドの田中さんって一体何者なのかしら？　ＣＩＡ設定の息子さん夫婦とは隣同士に住んでいるのに、没交流で仲が悪いらしいのよね。なのに隣り合って居を構えるって、どういうことなのかしら。

田中さんはいつも一人。背中に散弾銃かライフルを背負って歩いているのを山でたまに見かけるけど、いつも一人。って、私も大抵一人よね。子どもの頃、火炎瓶の作り方を数種類教わったけれど、あれはマズイと思うのよ。武器がない時は火炎瓶を使えと投げ方まで指導されたけれども、子どもに教えることではないわよね。そもそも私は運動音痴だから、どう考えてもちゃんと投げられそうにないし。

同志ヨシオがモサド田中さんを危険視しているのは、このあたりが原因かも。

私の夢は田舎でのんびりピアノを弾いて暮らすこと。でも田舎は閉鎖的だから、私みたいなよそ者はどこでも村八分よね……。花丘町だって、私を受け入れてくれているのは、同志ヨシオ、大家さん、モサドの田中さん。

みんながいなくなってしまったら、ここ花丘町でも孤独だわ。

結局、私は独りぼっちなんだわ。


そう結論づけた時、大家さんがお粥を持ってきた。

梅干し粥だ。

「熱かけん、気をつけて食べんばよ」

「ありがとうございます」

ああ、誰かにこうしてご飯を用意してもらうのは久しぶりだ。ありがたいなと思う。

私は熱いお粥を食べ終わると、大家さんは片付けをして洗濯物もしてくれた。

私が横になって大家さんの後ろ姿を見つめる。フキさんを思い出し、懐かしくなる。

気づいたら、また寝ていた。

そして昼過ぎに大家さんが医師を連れてきた。しかし私には支払い能力がない。そのことを言うと、その医師はお金ができたらでいいと豪快に笑って言ってくれた。

「……赤ひげ先生」

「お嬢さん、若いのによく知ってるね。わしは三船敏郎《みふねとしろう》みたいかい？」

「どなたか存じません。山本周五郎《やまもとしゅうごろう》の『赤ひげ診療譚』しか読んだことがないもので」

「映画も観るといい。名作だ」

診察が終わると、その赤ひげ先生はただの風邪だろうと言って薬を出してくれた。

「十分に休んで、水分を取るんだよ」

「ありがとうございました」

大家さんが医師を見送った。その後、大家さんはリンゴの皮を剝く。くるくると皮が落ちていく様子がなんとなく面白くて眺める。綺麗に切られたリンゴを一口食べると、果汁が喉《のど》に沁《し》みるけれど、シャリシャリして甘くて美味しかった。

私は改めて大家さんにお礼を言う。

「ありがとうございます。助かりました」

「よかよ。……恋に狂うたおばあちゃんなんておかしかやろ？」

私は首を横に振った。

「私は恋をしたことがないから、そんなに夢中になれるのは少し羨《うらや》ましいかもしれません」

「一生に一度の恋やったとたい。また一緒になれて浮かれとったとたいね。ごめんね」

大家さんは私の頭を撫《な》でた。

「綺麗になって。あがん小さかった子がこがん大きゅうなって」

頭を撫でてもらうなんて、子どものようだ。胸に込み上げるものがある。

風邪なんてひくから、なんだか感傷的になっていけない。それにしても息苦しい。早く治らないだろうか。

その時、玄関の引き戸をガタガタと開く音がした。そして足音は玄関すぐの台所を通って、私がいる居間に近づいた。

「節《せつ》！　なんで僕を置いていくの？　しかもこんなガキのために？　さっさと戻るよ」

突然、勝手に上がり込んだのは大家さんの恋人だった。なんだか高級そうな服を着ているが、土足だ！　土足とは何事だ！

「人の家に無断で、しかも土足で上がるだなんて。なんて無礼な方なんでしょう。大家さんの恋人だからといって許しませんわよ！」

熱があるので大きな声は出せないし、ふらふらするから手をついて座ったまま言う。せめてもと、目一杯睨《にら》んでやった。

「ここは、僕が契約している家だよ。すなわち僕の家。分かる？」

「何を言ってますの？　ここは、私の父が契約して私が家賃を払って……あっ！」

男はサングラスを外して、マリ様に似た目で私を見下ろす。

「やあ、久しぶりだな。麗子」

私のクズの父親だった。

麗子解説 語録

不良少女と呼ばれて

万里小路様にお薦めされた大映ドラマの一つですの。
昭和の不良少女はとっても怖かったですが、
勢いがあって大好きなドラマになりました。皆さんお強いんです。
あんなに華奢で可愛い主人公も喧嘩が強くて素敵でしたわ！

激!!極虎一家

宮下あきら先生の漫画で、作中に登場する一途に恋をする
枢斬暗屯子さんに憧れています。私も好きな人を守れるくらい
強くなりたいものですわ。ユーミンの『守ってあげたい』を聴くと
枢斬暗屯子さんを思い出すようになりました。

魁!!男塾

宮下あきら先生の名作！不良たちを集めた高校で
何故かみんな戦うのよ。そして死んだと思ったら生きていた、
なんてことがある素敵なファンタスティックな世界！
本気で民明書房を探したことは内緒ですの。

第八章

ふぞろいな私たち。またそれも青春

大家さんの恋人が、私の父、九条院透《くじょういんとおる》だった。

「透さん、やめて。麗子《れいこ》ちゃん、風邪ひいとるんよ。熱があるとよ」

大家さんが私を庇《かば》うように、父の前に立つ。

父はそんな大家さんの腰を抱く。

「節、僕は言ったよね？　僕たちの真実の愛を壊した奴《やつ》らにちゃんと復讐してって。僕たちの子どもの分も頼んだよね？」

「透さん！　私はそがんこつ望んでなか！　それに山田《やまだ》フキが麗子ちゃんに辛《つら》く当たったっとった！　私が出る幕はなかとよ」

なんのことだ？　復讐とは？

息苦しい。頭がクラクラする。

「麗子ちゃん、うるさくしてごめんね。……透さんば連れて行くけん。また来るけん、よく寝とくとよ」

大家さんはクズの父を連れて家を出て行った。

ようやく静かになったと思った次の瞬間、低く大きな音が響いた。

酷《ひど》く恐ろしい響きだ。腹に響く音。

その後、すごく大きな色んな音、本当に様々な音が一斉に耳に洪水のように流れ込む。岩や石が互いにぶつかる音、木が折れた音、それらが土砂と一緒になって移動する音。

今まで聞いたこともないような大きな音は、土砂とともに家を潰《つぶ》した。


次に目覚めると、病院のベッドの上だった。

左腕がギプスで固定されている。そして体のあちこちにガーゼや包帯が巻かれていた。

「目が覚めたか？」

側には同志ヨシオとモサド田中《たなか》さんがいた。話を聞くに、この二人が私を助けてくれたらしい。

同志ヨシオの自家用ヘリコプターで病院まで運んだとのこと。

「あの、私はどのくらい寝ていたのですか?」

「地滑りがあってから五日経《た》っている。怪我《けが》だけでなく、元々高熱もあったのだろう? 肺炎だったぞ。何度もうなされて目を覚ましてたが、覚えてないか?」

記憶にまったくない。肺炎? アッ◯ョン◯リケ! 偽赤ひげはヤブ医者だったの? 単なる風邪と診断されたわ。ブラックジャックならそんなことないわよね。それにしても、ブラックジャックで、あの鳥になった女性の話は凄かったわ。何も鳥にならなくてもと思うのよ。だってサバイバル生活なんて大変よ。あの後大丈夫だったのかしら?

ああ、そんなことより、思った以上に時間が経過していた。

「同志ヨシオ、田中さん、助けてくださってありがとうございました」

熱はだいぶ下がった感じがする。腕には点滴の針が刺さっていて、そのチューブを辿《たど》るとソルデム3A輸液と書いてある点滴がある。その袋にはセフォチアムと書かれたシールが貼られていた。

後でスマホで調べよう。

そういえばスマホはどうなったのだろう。

そんなことを考えていると、再び眠りに落ちていた。

次に目が覚めた時は随分と体はスッキリして、お腹も空《す》いていた。

同志ヨシオはまだこの病室にいた。

「同志ヨシオ。ずっと付き添いをしてくれていたのですか？」

「いや、交代している。高岡《たかおか》氏をはじめとした本郷《ほんごう》家の方々とね。田中は俺《おれ》がいる時しか病室に入れていないから安心しろ」

モサドの田中さんはどれだけ警戒されているのだ。

その時ドアがノックされ、医師が看護師を連れて診察に来た。寝ている間に看護師にバイタルチェックをされていたようで、そのデータを医師がノートＰＣで確認する。そして私の方を見て熱も呼吸も落ち着いていると言った。血液検査の結果も教えてくれ、炎症反応の値も下がってきたとのことだ。

それにしても髪の毛も体もベタついて気持ち悪い。それを告げると、シャワーを浴びてもよいとの返事をもらえた。看護師さんが手伝ってくれるらしい。

同志ヨシオに席を外してもらい、シャワーを浴びるための準備をする。打ち身のところは湿布をはがし、創傷のところはロール状のテガダームという商品名が書かれた非常に薄い透明のシールのようなもので保護する。とても薄いのにくっつく。どのような素材で作られているのだろう。とにかく色々なものが珍しい。調べたいものが沢山ある。スマホが欲しい。

さて、改めて自分の体を見ると、皮膚がまだら模様になっていた。青、紫、赤黒、黄色。ボディペイントみたいだと思う。裸にボディペイントといえばアート。……母のことを思い出す。私の脳内は連想ゲームのようだと以前双樹《そうじゅ》様が言っていたが、正にその通りだと苦笑する。

母は何を思って裸になったのだろうか。

私は看護師さんに支えられて浴室まで歩き、二人がかりで椅子《いす》に座らされ洗ってもらう。久しぶりのシャワーだ。気持ちがいい。

そして新しいパジャマを着せてもらい、髪の毛を乾かしてもらった。全てを人任せにするなんて、記憶の限り覚えていない。二歳の時にはちゃんと自分で着替えていたし。

再び同志ヨシオが部屋に戻ってきた。私は入浴中に懸念していたことを開口一番に話す。

「ここの治療費はどうしたらいいのでしょうか」

改めて見ると、この病室は我が家よりも広い。随分と立派な個室だ。革張りのソファもテーブルもあり、家具は全てモリシゲで統一されている。

同志ヨシオは微笑《ほほえ》んだ。

「気にしなくていい。俺が支払うから。こう見えても資産家なんだぞ」

「ゲリラ兵みたいな生活をしているのに不思議です」

「ゲリラ兵って。それは田中だろう？　あいつこそおかしな生活をしてるじゃないか。俺は一人で自然とともに暮らしているだけさ。スローライフってやつだ」

スローライフ。あれはスローライフなのだろうか。表向き住んでいるとされている小屋から更に奥に進むとカモフラージュされた鉄筋コンクリートの半地下の平屋の建物があり、その中にはモニターやら通信機やらが大量にある。ヘリコプターもあった！　このヘリコプターは一見山肌に見える格納庫に上手い具合に隠されている。しかも、隣には陶器を焼くための登り窯《がま》もあるので、あまり不自然ではない。作業小屋に見えるのだ。

大きなこの秘密基地には同志ヨシオの真の姿を知ってから招かれた。つい先日のことである。山も同志ヨシオが所有していた。

同志ヨシオは私には隠し事をしたくないと言い、私はＫＧＢではない同志ヨシオを受け入れ、今まで守ってくれていたことを感謝した。秘密基地でそんなやり取りをしているとサイレンが鳴った。同志ヨシオはモニターを確認するや否やライフルを持って外へ出ていく。私もモニターを覗《のぞ》くと、見知らぬ男が私の家の周りをウロウロしている姿が映っていた。私が同志ヨシオの後を追うと、同志ヨシオが我が家を見下ろせる場所でライフルを構えているではないか！　しかしモサドの田中さんが、私の家の前で男に散弾銃を向けて脅して追い返していた。

同志ヨシオのライフルは本物のようだ。多分MK11だと思う。秘密基地の中には他にもライフルがあった。机の上に無造作に置かれたハンドガンは恐らく45口径のP220だ。全てモデルガンだと言い張るので、モデルガンだと思うことにしている。きっとモデルガンだ。そうモデルガンなのだ。

あの設備は異常である。同志ヨシオの財力は凄い。ほとんど株での投資から得たものという。ウォーレン・バフェットみたいだ！　ちなみに仮想通貨でも一儲《ひともう》けしたらしい。侮りがたし、同志ヨシオ！

「同志ヨシオ、休んでください。顔色が良くないですもの。私はこの通り元気になりましたから。ね？」

同志ヨシオは私の頰《ほお》を優しく撫《な》でた。

「君が生きててよかった」

そう言うと私を抱きしめた。

「君は瑠璃子《るりこ》とは違う。君は君だ。麗子。君の成長をずっと見守ってきた。俺は君を大切に思っている。俺の娘だ」

私は誰《だれ》にも愛されていないと思っていた。

でも違った。同志ヨシオは私を娘のように愛してくれていたのだ。

大切に思われていたという事実に胸がいっぱいになる。

その後、同志ヨシオは一旦近くのホテルに戻っていった。今、彼は私の後見人になるべく動いているという。私の後見人には本郷猛《たける》様も同様に手を挙げているらしい。

ふいに、葛城《かつらぎ》サマの言葉を思い出した。

――レイちゃん、悲劇のヒロインは格好悪いぞ。

本当にそうだ。自分ばかりが不幸だなんて。私は同志ヨシオに大切にされていたんだ。そのきっかけはどうであれ、大切にされていた事実は変わらない。

同志ヨシオと入れ替わりのように、本郷猛様と洋子《ようこ》様、高岡様が来た。沙羅《さら》様たちも来たがったが、私の負担になるだろうからと明日まで待つように言ったとのこと。

「レイちゃん、大変だったね。もう大丈夫だ。何も心配はいらない」

本郷猛様は優しい声で語りかけ、洋子様は私の姿を見て泣く。高岡様は何故《なぜ》か私に謝罪する。

「レイちゃんのことを守っているつもりだった。ごめん。辛かったね」

「何故高岡様がそんなことをおっしゃるのか分かりませんわ。私はこうして生きていますもの」

体を少し起こして話していたのだが、一瞬ふらついて高岡様に支えられて横に寝かされる。

その様子を見て、本郷猛様たちは私を休ませるために帰っていった。

ベッドに横になったままテレビをつけると、ちょうどニュースが流れていた。ぼーっと眺めていたら、我が家があった場所が映し出される。

右上には、地滑りから五日と書かれている。

懐かしの我が家はなくなっていた。そして、大家さんの家も同様になくなっていた。

大家さんは大丈夫なのだろうか？　まさか大家さんまで地滑りに巻き込まれていたとは思わなかった。

地滑りの被害は幸いにも大家さんの家と我が家だけだったらしく、死者はいない。画面が切り替わり、次のニュースに移る。

しかし、私の目には先ほどの映像がこびりついて消えない。


私の帰る家がなくなったのだ。

私はどこにも帰れないのだ。

帰るところがないという事実を突きつけられて、目覚めてから初めて不安に駆られた。

そして左腕のギプスを見た。今すぐにでも状態を知りたい。知らねばならない。

お願い。私からピアノまで奪わないで。

私は時間も都合も何も考えずナースコールを押すが、来てくれた看護師さんは担当医は不在だという。明日、ちゃんと説明してもらえるように頼んだ。

しかし私はあまりに不安で、一睡もできずに朝を迎えた。

1

翌日、担当医が来る前に、沙羅様と双樹様が朝一番にお見舞いに来てくれた。昨日までは面会謝絶だったらしい。

二人は私を見るなり、泣きそうな顔をする。そして沙羅様は私の首に抱きつき泣いた。

「レイちゃん、レイちゃん！」

おっと、点滴が！

「サラちゃん、心配かけてごめんなさい」

私は沙羅様の背中をさすって、それから双樹様の方を見上げた。

「ソウ君も心配かけてごめんなさいね」

「……！　レイちゃん、生きててよかった」

いつもはクールな双樹様まで涙ぐんでる。私が地滑りで怪我《けが》をしたと聞いて、ニューヨークからすぐに帰国したらしい。

「そんなに急いで帰らなくてもいいのに。折角の親子水入らずの時間だったのでしょう?」

沙羅様が、私に抱きついたまま顔を上げる。そして睨《にら》む。

「レイちゃん、アタクシたちにどうして体調が悪いってメールをくださらなかったの? だって肺炎でしたのでしょう? うちの者が病院に連れて行って入院してたら、そしたら……。こんな怪我することなかったのでしょう?」

「そうだよ。僕たち何も知らないで馬鹿みたいじゃないか!」

私は困ってしまった。

「お気持ちは嬉《うれ》しいのですが、私たちはお友だちでしょう? だから、私がサラちゃんたちのことを邪魔したくなかった気持ちも理解していただけませんか? 折角、お父様と一緒の時間を過ごせるのに、余計なことで煩わせたくありませんでしたの」

暗くて小さくてオンボロな家で独りぼっちで寝込んでいた私に、マンハッタンの豪奢《ごうしゃ》なペントハウスで父親と楽しげにしている沙羅様たちの写真は酷く惨めな気持ちにさせた。風邪をひいたとメールすれば、心配して同情してくれただろう。でもきっと、更に惨めな気持ちになったと思う。

存外に私はマリ様と似ているようだ。とても不本意ではあるが、マリ様同様に同情や憐《れん》憫《びん》は不快らしい。

「アタクシ、そんな子どもではなくてよ。お父様と会えなくても、特に寂しいわけではありませんし」

「そうだよ。なんで、そんなこと言うのさ」

ああ、何故理解してくれないのかしら。私なりの気遣いと、私なりの矜持《きょうじ》を。

私たちはしばし黙り込んだ。

その沈黙を破るように医師がノックして入ってくる。

「おはよう。気分はどうかな?」

担当医は一条《いちじょう》先生に似た医師だった。

「一条先生にそっくり!」

双樹様が私を代弁するように口に出す。

「ん? ああ、明聖《めいせい》学園の子か。弟が今いるんだったね。私は一条清志郎《きよしろう》だよ。陽水《あきみ》の兄にあたる。九条院さんも同じ学園なんだね?」

学園の一条先生と違ってチャラくない。似ているのに不思議だ。

「ええ。一条先生には美味《おい》しいお茶とお菓子をいただきました」

「それはよかった。あ、君たち、診察をするから席を外してくれるかな?」

サラちゃんたちは一旦病室から出て行った。

先生は私が聞きたいことは分かっているようだ。

「左腕のことを聞きたいんでしょう？」

「……はい。この左腕は元に戻りますか？　ピアノを以前と同じように弾けますか？」

先生はＰＣでレントゲン写真を見せる。

私の左腕らしい。

綺麗《きれい》に橈骨《とうこつ》の一部が切れている。

「ここの骨、橈骨というんだけど、ほら、この通り綺麗に斜骨折しているんだ。単純骨折で骨の位置もそのままでね。幸いにも神経は傷ついてはいないから、一ヶ月もしたら、ギプスは取れるよ。世の中に絶対はないけれど、元通りピアノの演奏はできるはずだよ」

ああ！　私はまたピアノが弾ける！

私はピアノまでは失わなかった。

ピアノが弾けるならば何もいらない！　それだけで十分よ！

私は安堵《あんど》すると、一気に眠気が襲ってきた。昨晩は不安で眠れなかったのだ。

「安心したようで何より。ゆっくり休むといい。先ほどのお友だちには私から言っておくから」

「お気遣いありがとうございます。お言葉に甘えて少し寝ます」

私はすぐに眠りに落ちた。

2

再び目覚めたのは昼過ぎだった。

隣には同志ヨシオがいる。

「よく眠れたか？」

頷《うなず》くと、同志ヨシオは私の頭を撫でた。昨日洗髪してよかったと思う。そうでなければギドギドだっただろうから。

「はい。サラちゃんとソウ君は？」

「学園に向かわせたよ。麗子の目が覚めるまでここにいると言っていたがね。とんだ駄々っ子だったが、君を心配していたよ。いい友だちだ」

私は沙羅様たちに酷く素気無くしてしまった。八つ当たりもいいところだ。沙羅様たちは心配してくれただけなのに。バカな私。

そうだ、今後、学園での扱いはどうなるのだろうか。特待生として通っているので、長期間欠席したら特待生の資格を失うかもしれない。そのことを話すと、学費は俺が払うから、普通の学生として通えと同志ヨシオは答える。

同志ヨシオの気持ちは嬉しい。昨日は私を養うとも言ってくれた。その言葉だけで十分だ。

「ふふふ。私、父に払わせますわ！　父はお金を持っていますもの。ええ、燃費が悪い年代物のアメ車に乗ってて、高級な服を着ているんですもの。養育費を一切払わなかった男でしょう？　きっちり払わせますわ！　もちろんここの入院費も！　ついでに慰謝料もも
ぎ取りますわ！」

ピアノを再び弾ける希望を持った私は、最強だった。希望とは素晴らしい！　生きる力になる！

さあ、父に復讐するために情報を集めねばならない！

「同志ヨシオ。出世払いしますので、スマホを一台用意してください」

「あ、ああ。凄い目をしてるな。なんか闘志が漲《みなぎ》ってるぞ」

「ふっ。私は父にトドメを刺しますわ」

「おい！　九条院氏は重体だぞ」

大家さんだけではなく、父も巻き込まれたようだ。

「それは知りませんでした。でもこのまま死なせてなりますか」

こ・の・う・ら・み・は・ら・さ・で・お・く・べ・き・か

バラ柄のシャツと、マント、あと眼鏡《めがね》が欲しい！

うらみ念法を放つわよ！


「なんだ、それは？」

同志ヨシオに、名作『魔太郎がくる!!』をオススメする。F先生も好きだけど、A先生のブラックな感じも素敵なのだ。

「よく分からんが、元気になって安心したぞ。でもまだ無理は禁物だ。スマホはすぐに用意しよう」

「何から何までお世話になって申し訳ありません。母、瑠璃子の娘というだけで。母に感謝ですわね」

我ながら現金なものだと思う。あんなに激しく非難した母に感謝をしているのだから。そのうち母のことも調べてみよう。どんな人生を歩んだのだろうか。しかし、最終的に人身売買のオークションにかけられるって相当だと思う。下手すると殺されてただろうに。ということは、母を買った父は母を救ったことになるのだろうか。いや、結局出産時に命を落としているわけだからなんとも言えない。

同志ヨシオにはもう付き添いは必要ないから休んでほしいと頼み、帰ってもらった。同志ヨシオがタフとはいえ、もう年だ。

第八章
ふぞろいな私たち。
またそれも青春

そして私はテレビをつける。そう、テレビである。

いわゆるザッピングをする。ザッピング、初めての経験である。リモコンをぽちぽち押してみる。ふむ、ふむ。きっとリモコン経験者っぽい感じに見えるだろう。

そうしてリモコンとテレビで遊んでいると、ノックとともに看護師さんから見舞客がやってきたと告げられる。会うも会わないも、私が判断できるのだそう。名前を聞いて、是非に通してくださいと伝える。

「九条院さん！　大丈夫だった？」

通されるなりベッドまで駆けつけてきたのはなんと、心配そうな顔をした外部生の木本《きもと》さんである。そして、先日吉野《よしの》家《や》に行くと約束したメンバーもいる。

木本さんたちから花束とクッキーをいただく。お見舞いの品なんて初めてで嬉しくてつい笑みが零《こぼ》れた。

「お見舞いに来てくださってありがとうございます。素敵なお花に、クッキーまで！　うふふ。心配かけてごめんなさいね。この通り怪我はしているけれど、大丈夫ですのよ！」

「痛々しいよ。無理すんなよ。家もなくなったんだろ？」

「ちょっ、デリカシーなさすぎ！」

木本さんが男子生徒を小突く。

「ええ、家はなくなってしまいました。ピアノも。でも、ほら、私生きているでしょう？

腕も骨折したけど、ちゃんと治ったら以前のようにピアノも弾けるそうですの。だから大丈夫ですわ」

そう、父に鉄槌《てっつい》を下すという新たな目標もできたのだ。

「九条院さんって強いね。なんか、格好いいよ」

「うん、俺たちにできることがあったら言ってくれよ！」

「牛丼買ってきてやるし」

おお、それは『お持ち帰り』というやつだ！

「いいえ、でも最初はカウンターでオーモリツユダクですわ」

「九条院さんはブレないなぁ」

みんなでわいわい話していると、ノックの音がする。私がどうぞと返すと、そこには沙羅様と双樹様がいた。どうやらこの二人は私の許可がなくても出入りできるようだ。

「レイちゃん、この状況は一体なんですの？」

沙羅様は非常に怒っていた。

「どういう状況と言われましても。クラスメイトの方々がお見舞いに来てくださったのです」

「どういうことですの？」

沙羅様が木本さんたちを睨む。

「サラちゃんたちがお休みした時に、食堂で親切にしてくださったの。とても気のいい方々ですわ。それに吉野家についても詳しいですし」

「吉野家？　なんですの、それ」

「有名な牛丼屋さんですのよ」

それまで黙っていた双樹様が口を開く。

「ねぇ、レイちゃんは僕たちから離れたいの？」

どういう意味だろうか。

「どうして、そうなるのですか？　サラちゃんとソウ君は私の大切なお友だちです。そして、木本さんたちともお友だちになりました。それだけのことですよ？」

「僕はそういうのヤダ」

……。ソウ君も駄々っ子だ。

「私は木本さんたちと友だちですわ。何故それがいけないのでしょう？」

「……みんなアタクシたちを傷つけますもの」

「サラちゃん？　どういうことですか？」

どうやら私が知らない沙羅様の過去があるらしい。

「サラちゃんとソウ君の気持ちは分かりましたが、木本さんたちは私の友だちです。私はサラちゃんやソウ君のものではないのですよ。お二方は私にとって、とても特別な存在です。でも、私も意思のある人間ですの」

なんだか、乙女ゲーム脳の桜田優里亜《さくらだゆりあ》サマへの伝家の宝刀の言葉と重なる。意思のある人間なのよ、私はと。

沙羅様と双樹様が私に怒りの目を向ける。でも私は怯《ひる》まない。

「今回のことで、私は随分と狭い世界に生きていたことを実感しました。守られた箱庭で、その世界しか知らずに暮らしていましたので、貧しくとも不満に思うこともなく生きていました。でも私の箱庭は壊れました」

私は息切れしてしまう。はあはあと荒く呼吸をするので、木本さんがナースコールを押し、沙羅様に話しかける。

「本郷様、私は外部生だから本来なら話しかけることも許されないんだろうけど、言わせてもらうよ。九条院さん大怪我してるんだよ。ちょっとは気を遣ってもいいんじゃないの？　自分の気持ちばかり押し付けて」

「なっ！　あなたごときに、そんなこと言われる覚えはありませんわ！」

この場を収めねばならない。私はどうにか沙羅様に手を伸ばす。

「私のことも話すので、サラちゃんのことも話してください。もっともっと、私たちは分かり合えるはずです」

沙羅様ははっとして、私を見る。

「……ええ。レイちゃん、ごめんなさい。今日は帰りますわ」

沙羅様はそう言うと、双樹様の腕を引っ張って病室を出た。木本さんたちは気まずそうにしている。

「木本さん、ありがとうございます」

「ううん。でも明日から内部生に虐《いじ》められるかも。ははは」

木本さんは顔色を悪くして元気なく笑う。

「サラちゃんはそんなことはしません。信じてください。そういう卑怯《ひきょう》なことは大嫌いですもの」

はあはあと肩で息をして話し終わると、看護師さんが来た。私の状態を見て、木本さんたちは看護師さんに帰るよう促される。

「皆さん、お見舞いありがとうございました」

お大事にねとか、早く元気になれよとか、それぞれ言って病室を出て行く。

私は看護師さんに無理をしないように叱《しか》られ、寝かされた。確かに少し苦しい。ちょっと休もう。

沙羅様も双樹様も他者を受け入れないところがある。二人だけの世界で生きているみたいだ。多分過去に何かあったのだろう。私はそれを知らない。そして沙羅様たちも私のことを知らない。お互い様だ。

私は再び眠りに落ちた。

次に目覚めた時はもう夕暮れ時で、また見舞客が来たと連絡が入る。来訪者の名前を聞くと、万里小路様だったので、中に入ってもらうように伝えた。

万里小路様は大きな薔薇《ばら》の花束を抱えていた。紫の薔薇だ。

ああ、紫の薔薇の人である！

「万里小路様、覚えていてくださったのですか？」

「勿論《もちろん》だよ。『ガラスの仮面』でレイちゃんの一番のお気に入りの人物だろ？」

私は感動して喜びを隠せない。

そう、速水真澄《はやみますみ》様は私が初めて憧《あこが》れた男性。もちろん、『はだしのゲン』のゲンは好きだけれども尊敬であって、好きの種類が違う。

高校生になった今、真澄様とマヤの年齢差が気にならないわけではないわ。淫行《いんこう》条例に引っかかってしまうもの！　あ、私は十九巻までしか読んでないけれど、今はもっと出ているわよね。きっと大丈夫だわ。マヤも三十歳過ぎているかもしれない。連載が長いのだから、マヤも年をとるわよね。ああ、月影《つきかげ》先生はご存命かしら？

「ところで、気分はどう？　少しは落ち着いたかな」

「ええ、大分。今更ではありますが、先日はありがとうございました。保健室まで連れて行ってくださって」

「いや、その後も気遣うべきだった。肺炎だったと聞いている。申し訳ない」

きっと沙羅様と同じように思っているのだ。肺炎と分かっていたならば入院していたはずだから、地滑りに遭わなかったと。

私は首を横に振った。

「いいえ。病院に行かなかったのも、行けなかったのも、私自身の責任です。それに地滑りは自然災害ですもの。仕方ありません。でも私は生きてます。何より骨折が治ったらピアノも弾けます。それに新たな目標もできましたし！」

今は父に鉄槌を下すことが先決である。土足で上がり込み、養育費も払わないクズの父を許すものか！

そのためにも情報を集めよう。父の資金源。きっと悪《あく》どいことをしているに違いない。

父と大家さんの関係や私への復讐について調べなければならない。

私は未だかつてなくやる気が出ている。惜しむらくは体が自由に動かせないことだ。

「ああ、そうだ。これが暇つぶしになるといいんだけど」

そう言って出されたのは、タブレット端末である。

「中にお薦めの漫画が沢山入っているから。じゃあ、私はそろそろ失礼するよ。お大事にね」

そう言うと、颯爽《さっそう》と病室を去った。お見舞いに長居はよくない。さすが万里小路様だ。気遣いも素晴らしい。

ナースコールを押して、看護助手さんに花束を花瓶に生けてもらう。木本さんたちが持ってきてくれた花束はデルフィニウムとカンパニュラだ。可愛《かわい》い。

ド貧乏ゆえに、食せない植物は眼中になかったけれども、やはり花は美しい。

そうそう、料理の見栄えをよくするエディブルフラワーなんてお洒落《しゃれ》なものもあるのよね。でも食べる花といえば菜の花だわ！　おひたし好きなのよ。でも花が開く前に食べるから、花って感じはしないわね。

何はともあれ、花を貰《もら》ってとても心が弾んだ。

花を愛《め》でた後は、早速タブレット端末で漫画を読む。とりあえずで、『キン肉マン』を選んだ。

「超人？　人間とは違いますの？」

読み進めると沢山の種類の超人がでてくる。それはそれは色んな超人がいる。

「まあ！　便器が超人？　しかも和式ですの？　なんだか切ないですわね」

私の好みはロビンマスクだ。彼の言う「ピンチの直後は最大のチャンス」は正にその通りだと、今の自分に重なる。

そして就寝時間を過ぎても読んでいたら、看護師さんに叱られタブレット端末を没収された。翌朝返してくれるとのこと。

やることもないので、父への報復を考える。父に直接聞くことはできない。重体らしいし、私もまだ動きが取れない。とりあえず田丸《たまる》弁護士と連絡を取ろう。あの人は父のことを知っているはずだ。旧知の仲と言っていたし。モサドの田中さんも父のことを知っていた。一体これはどういうことなのだろうか。

そして、大家さんが私に復讐をしなくて済んだのは、フキさんが代わりにしていたかららしいが、なんのことだろうか。復讐された覚えがないのだ。育ててくれて、色々教えてくれた人だ。フキさんからは愛してはもらえなかったかもしれないが、私は好きだった。私が好きだったという事実は覆らない。

だから、もう一度フキさんに会って、マリ様のことや父のことも聞くつもりだ。小鳥遊様がなんと言おうと関係ない。絶対にフキさんに会ってやるのだ！

3

翌日、同志ヨシオがスマホを渡してくれた。出世払いをすると言う私に、見舞いの品だから気にするなと答える。

同志ヨシオから入学祝いに貰ったファルクニーベン社のフォールディングナイフは失くしてしまった。すごく大切にしていたのに。

それだけではない。全てを失ったのだ。

元々自分の物は少なかったけれども。


……あら、本当に大したものを持ってないわ。大切にしていたのはフォールディングナイフとスマホだけね。

マリ様の遺品は私のものではないし。ピアノも。

あ！　まずい。遺骨、そう、遺骨が埋まってるわ。納骨を済ませていないのよ。京都が遠くて！


マリ様の遺骨のことを話すと、同志ヨシオは地滑りの跡の整備時に、捜してもらえるように指示しようと言ってくれた。

死んでまで面倒かけるなんてマリ様らしい。

違う、これは父のせいだ。金銭的理由で納骨できなかったのだから。

「マリ様のお骨が見つかったら、父のお金で京都に行き納骨します。まずは父のことを調べたいので、田丸弁護士に電話してみます」

私は貰ったスマホを早速使う。

「番号を全て覚えているのか？」

「はい。覚えていますよ」

「そうか。麗子は瑠璃子とは全然違うな。彼女はいつもぼんやりしてふんわりして――」

同志ヨシオがうっとりした顔で語り始めたが、母親の惚気《のろけ》話はあまり聞きたいものではないので、無視して田丸弁護士と通話をする。しかし、そんなことはお構いなしに、隣で同志ヨシオは語り続けていた。

田丸弁護士は父の病院にいた。私が父のことで聞きたいことがあると言うと、今日にでもこちらに来るという。それから、私のことを非常に気遣っていた。何度か見舞いに行ったが面会謝絶で会えなかったと。意識が戻ってよかったと。

通話が終わっても、同志ヨシオは母のことを話していた。残念なことに、私は数人までの話ならば同時に理解できてしまう。ゆえに、母の惚気話を聞いてしまったのだ。

「母はよく食パンを焦がし、目玉焼きを作れば卵の殻が必ず入っていて、ベッドからはよく落ちていたと。そして、絵を描くことが好きでフラフラ街を歩き、雨の日はお気に入りの赤い傘をさして、散歩するんですね。いつものほほんとしていて、尖《とが》った同志ヨシオの心を丸くしたわけですか」

なんだかある人物と重なる。

「山下清画伯みたいですわね……」

「えっ？　なんでそうなるんだ」

「母は裸の絵描きですもの。なんだか性格もよく似てますし」

実際、山下画伯は裸ではない。しかしドラマの裸の大将みたいな母親だったらとても嬉しい。きっと私は母のためにおにぎりを沢山作るだろう。

私は若い頃のすっぽんぽんの写真しか見たことがない。同志ヨシオが出会った頃の母はどんな姿をしていたのだろうか。同志ヨシオに聞くと、スマホを取り出し母の写真を見せてくれた。データをスマホに入れていつでも見られるようにしているらしい。どれだけ母のことが好きなのだろうか。

私の目に映った母は、タンクトップと短パンを穿《は》いたふくよかな女性だった。特に美しくもない。あえていうならば、可愛らしいおばさんだろうか。

……まさしく、これは裸の大将の女性バージョンである。同志ヨシオの女性の趣味が特殊であることは理解できた。

「この母は嫌いではないです。むしろ、好ましく思います」

若い頃のスタイル抜群でぼんやり顔の母より、ポヨンとした可愛いおばさんの母の方が好きだ。服も着ているし、いやらしくない。

父の件が片付いたら、母のことも調べよう。そしてお墓参りにも行きたい。そんな話を同志ヨシオとしていたら、田丸弁護士が病室にやってきた。

相変わらず長い金髪で革ジャンに革のパンツ姿だ。でも、革ジャンはノースリーブ仕様になっていた。暑いものね。って、そんなに頑張って着る必要はないと思う。

「麗子さん、意識が戻ってよかったぜ」

田丸弁護士は涙を浮かべていた。意外だった。父側の人間なのに。

「本日はご足労いただきありがとうございます。電話でお話ししたように、父のことを教えていただきたいのです」

田丸弁護士は同志ヨシオの方を見た。

「同志ヨシオは私をずっと見守っていてくれた方です。同席していただきます」

同志ヨシオは田丸弁護士に挨拶《あいさつ》をする。

「マイケル・ヨシダです」

「田丸鉄男《てつお》だ。九条院透様の顧問弁護士をしているぜ」

見比べると、同志ヨシオはクオーターなので顔の彫りも深く、背も高くて筋肉質な渋いおじさんである。

一方の田丸弁護士はとにかく細い。ロッカーらしくガリガリである。いや、弁護士だが。そこにロングの金髪。五十六歳にしてはやはり落ち着きがない格好だと思う。

「さて、どこから話せばいいか？」

「では、田丸先生と父との出会いからお願いします」

田丸弁護士は語り始めた。

田丸弁護士は二十歳の時に父に出会う。

この時彼は東大に在学しており、進振りで法学部に決まった二年生だった。三年生まであと少しという時期に父親が連帯保証人となって多額の借金を抱える。しかも根保証契約だったらしい。

田丸青年は大学を辞めなければならない事態に陥る。ガリ勉して青春の全てを勉強に注いだというのに。彼は牛乳瓶の底のような分厚い眼鏡でスポーツ刈りの田舎者の青年だった。田舎から両親が逃げてきて、彼の六畳一間のアパートで親子三人が一家心中を考えている中、借金取りが現れる。

「なんだか漫画の世界のようですね」

「そうだ。しかし民法改正によって連帯保証人制度は変わるぜ」

田丸弁護士は話を続ける。

第八章
ふぞろいな私たち。
またそれも青春

借金取りはチンピラである。チンピラは巻き舌で恫喝《どうかつ》する。

その時、颯爽《さっそう》と登場したのが父である。

「九条院透様は、一目見ただけで分かる洗練された上流階級の人間だったぜ」

田丸弁護士は懐かしそうに語る。それにしても語尾の『ぜ』は無理矢理感がある。正直、その語尾はいらないのではと思う。

さて父はチンピラの脅しを一蹴《いっしゅう》し、そしてその場で小切手を切るのだ。

「一瞬で借金はなくなったぜ」

とんでもなくおかしな話である。何故関係のない父がその場に現れたのだろうか。ヤクザの三下がビジネスマンのように小切手をスマートに受け取れるものなのだろうか。色々とツッコミどころがありすぎる。

「透様はおっしゃった。たまたま債権者に話を聞いて、こんなに素晴らしい未来のある青年を見殺しにすることはできないと俺に会いに来たと。将来、私の顧問弁護士になってもらう、今回の借金の肩代わりはその前払いだと言って、俺の肩を叩《たた》いて笑ってたぜ」

それから、田丸青年の生活は元に戻った。しかし、たまに会う父によって異文化に触れるようになる。その一つがロックだった。

「自由を知ったぜ」

田丸青年はヘヴィメタルにハマった。理不尽な世の中に対して怒りを爆発させたのだ。

社会に対しての不満を爆発させるならば、パンクロックの方がしっくりくるのだが何故へヴィメタなのだろうか。そんな疑問を持ちつつ、続きを聞く。牛乳瓶眼鏡とスポーツ刈りの青年は、コンタクトを装着し、金髪ソバージュの長髪になった。しばらくすると怒りも治まったのだろう、イングヴェイ・マルムスティーンに傾倒する。

勉強も疎《おろそ》かにしない。在学中に司法試験に合格し、卒業後に司法修習生となった。その際、優秀さゆえに、検事や裁判官へと勧められるも私の父との約束のために弁護士になる。

時はバブル景気だ。金髪ロン毛革ジャン革パンツはダサいと敬遠された。アルマーニのスーツを着たヤンエグが持て囃《はや》されていた時代だったが、田丸弁護士は己を貫く。

「そこは迎合してもいいのではないでしょうか」

「いいや、ロックこそが俺の魂だぜ」

田丸弁護士は姿形はアレだが有能だった。二十代で独立し、八面六臂《はちめんろっぴ》の活躍をする。特に民事では強い。

バブル経済が崩壊した後、しばらく会わなかった父が田丸弁護士の元を訪ねた。父曰《いわ》く、負債を綺麗にしてほしいと。負債を負ったのは九条院マリで、投資で財産を失ったという。

「それはおかしいですわ。マリ様は投資なんてしませんもの。というか、財布すら持っていませんでしたわよ。自分でお金を管理するなんてあり得ません。そもそも生活力が皆無ですもの」

「……。とにかく九条院家の本邸を売却、資産のほとんどを手放し、残った別荘に移ってもらうことになったんだぜ。そして、再び透様は海外に行ってしまわれた」

父は基本的に海外で過ごしていたらしい。それから十年ほど会うことはなかったという。

「麗子さんが生まれると、透様は別荘に住む九条院マリ様にあなたを預けた。立派な淑女にしてもらうには、自分が育てるより母親の方が適任だとおっしゃっていたぜ」

あの父は何を考えているのだろうか。八十代後半の老婆に預けるとは尋常ではない。

そして、私が一歳の誕生日を迎えた後、マリ様は再び借金漬けになる。またもやマリ様が投資に失敗したのだ。

「ですからマリ様はそんなことしません。お金に興味がありませんもの」

田丸弁護士はそれに対して答えず、その後の生活について説明をする。

借金は返せるものではなく、別荘も調度品も全て競売にかけられた。そんなマリ様にあてがわれた終《つい》の住処《すみか》があの花丘町《はなおかちょう》の借家である。

「ピアノは競売にかけられなかったのですか？」

「ピアノは、あのお手伝いさんの山田フキさんが買い取ったぜ」

ということは、あのピアノはフキさんのものだったのか。ならば小鳥遊様の言うことは正しかったわけである。

「フキさんが買い取るほどの財産を持っていたのならば、あんな田舎の小さな借家に住むのはおかしいと思うのですが。何もかもが不自然です」

田丸弁護士は少し地肌が見える頭をかいて、同意する。

「何やら、透様と山田フキさんの間でなんらかの話し合いが持たれたようだが、詳しいことは分からないぜ」

田丸弁護士は私の就学の手続きなどをしていたらしい。健康保険は父を扶養義務者としており、私は父と別居していても社会保険には入っていた。田丸弁護士のお陰で保険適用で受診することができるのだ。

おたふく風邪以来、医師に診てもらったのは赤ひげ先生だけである。

もっと病院にかかる機会があれば、保険証を見て父の存在を知ることができただろう。

ここまで話した田丸弁護士は私に頭を下げた。

「申し訳ない！　薄々おかしいことは、分かっていたんだ。透様が異常に九条院家を恨んでいることも。しかし、私は透様に恩がある。あの時救ってもらわなければ、今の私はない」

私は父をクズだと思っている。どうでもいいことだが、いつの間にか田丸弁護士の語尾の『ぜ』がなくなっていた。

「もし、田丸先生のご実家の借金も父が仕組んだことだったら？　あり得ますよ、あの父でしたら」

「まさか、そんなことはしないでしょう。私はその当時、ただの学生でした」

「青田買いですわ。多分、田丸先生だけではなく、他にも手駒になるものを籠絡《ろうらく》したのではないでしょうか」

田丸弁護士の顔色が悪くなるところを見ると、心当たりがあるのかもしれない。とりあえず、田丸弁護士からはそれなりの情報が得られた。

最後に、何故私が父に恨まれているのかを聞いた。

「本当のところは分かりません。ただ、あなたの才能に大変嫉妬《しっと》していたように思えます」

「嫉妬？　何を嫉妬するというのでしょうか？　親なし子で、貧しい暮らしをしていた私に？　まあ、田舎暮らしは楽しんでいましたが」

田丸弁護士は私を見つめる。

「才能です。あなたが長ずるにつれて目立ってきた、祖父譲りの異常なまでの知能の高さ、祖母譲りのピアノの才能。透様が欲しても決して得られなかったものです。透様は定期報告で麗子様の様子を知っていました」

「なんて勝手な！　それは私のせいではありませんせん。努力もしていますわ」

そんなくだらないことで恨まれていたとしたら、父はとんだモラトリアム老人ではないか。

「透様は頭もいいし、芸術の才能もおありになる。それでも九条院家の中では凡庸だった。

このことは、私も最近知ったことです。ええ、透様がお母様のマリ様を亡くしてから、語られたことですので。やっと解放されたと」

田丸弁護士の語り口調はかなり丁寧になっていた。

「父のことは理解しがたいですが、分かりました。田丸先生も、父に随分と染められているのではありませんか？　その口調が本来の先生の口調でしょう？」

田丸弁護士はバツが悪そうな顔をする。

「いや、ロックを愛するものとしては……」

「ロックは音楽ですわ。見目も大切でしょうが、何よりも大切なのは魂と思いますの。無理して髪を金髪にしたり、革ジャンを着なくても、音楽は愛せます。この蒸し暑い時期に袖《そで》がないとはいえ革ジャンを着るのはお辛いでしょう。それに革のパンツもブーツも。そんな姿形に拘《こだわ》らなくても、ロックは愛せますわ！」

それに臭《にお》いますし、弁護士事務所の方々も大変でしょう、という言葉は飲み込む。

田丸弁護士は革のジャケットを脱いでTシャツ姿になった。

「またお見舞いに伺います」

礼儀正しくお辞儀をして去っていく姿は、初めて会った頃とは大分異なる。恐らく、真面目な人なのだろう。そして、そんな真面目さゆえに、真面目にロックを愛したのだろう。

「麗子、田丸氏も九条院氏の被害者だと思っているのか？」

同志ヨシオは私を名で呼ぶようになった。以前は嬢ちゃんとか君とか呼んでいたが。できたら同志レイコと格好良く呼んでほしいと頼んだら、断られた。

「さあ。でも父にいいように利用されたのは確かですわ」

父とフキさんの間で何があったのか。あの二人の共通点はマリ様だ。マリ様はもういないから、周りの証言を集めるしかない。父は重体で意識がないし。

「大家さんの容態は？」

「一時は危なかったらしいが、今は安定しているそうだ」

大家さんが生きていてよかった。地滑りの前の父の言葉を思い出す。あの二人の間には子どもがいたようだけれども、その子どもはどうなったのだろうか。そもそも二人はいつ出会ったのだろうか。

分からないことが多い。フキさんならば知っているだろう。退院したら必ずフキさんに会いに行く。死んでしまっては会えない。今回は私が死にかけたこともあり、フキさんの方が先に亡くなるとは限らない。

とにかく私自身が身動きが取れないうちは何もできないので、早く怪我を治さないと。

それから同志ヨシオに母の写真を数枚欲しいと頼むと、嬉《うれ》しそうに微笑《ほほえ》む。母の写真はクラウドで共有することになった。大量にあったが、そんなには要らない。中には同志ヨシオの若い頃の写真もある。三十手前だろうか？　凛々《りり》しいイケメンだ。そのイケメンの隣には、ぼんやりした女版裸の大将がいるわけである。

でも私はそのぼんやりした優しい母の笑顔が好きだ。きっと同志ヨシオも癒やされたのだろう。だからといって恋に落ちるのは解《げ》せないが。

同志ヨシオには、もう毎日の付き添いは必要ないことを告げた。山の一部が崩壊したのだから、何かと忙しいはずである。

「山か？　俺のところは大丈夫だ。基礎がしっかりしているからな。それに、俺が住んでいるところは人工的に造られた部分だ。崩れることはない」

元々あった山を改造したらしい。それはもう山ではない気がする。もしかしてそれが今回の地滑りの原因になったのでは？　それはそれとして、私は怪我はしているものの、肺炎もよくなってきたし付き添ってもらう理由がないのだ。

お見舞いは大歓迎だからと同志ヨシオを帰した。ちょっとやつれた同志ヨシオは変に色気が出てしまい、女性の医療従事者さんたちがしょっちゅう私の病室に訪れる。それも大した用事ではなくて。そういう事情も理解してもらった上で私は一人になった。

4

そして今朝方、看護師さんから返してもらったタブレット端末で『キン肉マン』の続きを読もうとした時、沙羅様と双樹様が訪れた。

私たち三人はなんだかぎこちない。

「お見舞いに来てくださってありがとうございます」

まずは私が口を開くと、沙羅様が伏し目がちに話す。

「昨日は悪いことをしたと思っていますわ。アタクシ、レイちゃんの一番の友だちだと思っていましたから、ショックでしたの。外部生のことだけではなくて、体調を崩していたことも知らせてくれなくて」

「サラちゃんは間違いなく私の一番の友だちです。風邪をひいたことを伝えられなかったのは、親子水入らずを邪魔したくなかったのもあるのですが、本当は自分が惨めだったからですの」

沙羅様がようやく私の目を見た。

「惨めって？」

「私には家族がいませんし、貧しいですもの。サラちゃんたちがマンハッタンのペントハウスで家族仲良く写っている画像が、病気の私には堪えたのです。元気だとそんなことはなかったでしょうが」

窓の外の景色を見ていた双樹様も私の方を向く。

「そんな。レイちゃんはそんなこと思うような子じゃないと思ってたよ」

「私も普通の女の子ですよ。辛く思うこともあります。……サラちゃんとソウ君は、何故他の人と交流をしようとしないのですか？　何か理由があるのでしょう？」

沙羅様が何かを思い出したのだろう。眉間《みけん》にしわをよせる。

「話したくありませんか？」

そう私が聞くと、双樹様が沙羅様に代わって答える。

「沙羅は思い出したくないんだ。トラウマってやつかな」

トラウマ。

その言葉を軽々しく使ってませんか？

『はだしのゲン』なんて、トラウマだらけじゃありませんか！　ほぼトラウマ！　もうね、トラウマの嵐ですわよ。最初っから最後まで。

ゲンの凄いところは、それを乗り越えて明日を生きるところですわ。希望を失いませんの。

「レイちゃん、はだしのゲンって何？」

「あら、また心の声が……。『はだしのゲン』は漫画ですわ。私が何回も繰り返し読んだ漫画ですの。いつも勇気付けられていました。『カムイ伝』もそうですわね。現代日本に生まれてよかったと、そう思いますもの。いえ、それだけではなくて、作品そのものの素晴らしさは当然ありましてね、その上での感想ですわ」

「じゃあ、レイちゃんの辛かったことって何？　教えてよ」

私が辛かったこと。やはりフキさんのことだろう。

「それを語るには長い時間がかかりますけれど、お時間は大丈夫ですの？」

「大丈夫でしてよ。アタクシ、レイちゃんのことを知りたいですもの」

私は小さな頃の話から始めた。まだマリ様が元気だった頃のこと、それからフキさんのことも。そして、最近あった一連のことを包み隠さず語った。桜田優里亜サマのことも、小鳥遊様とのことも。

沙羅様は泣いていた。ハンカチを目に押し付けている。

双樹様は怒っていた。手を強く握りしめ拳《こぶし》をつくる。

「なんで教えてくれなかったのさ！　まずは小鳥遊を潰《つぶ》してくる」

「ソウ君、ダメですよ！　それに、葛城《かつらぎ》様が対応してくれましたし」

「葛城さんが？」

「生徒会としてです。ほら小鳥遊様は次期生徒会役員でしょう？　それにいずれは生徒会長になるわけですし」

沙羅様が椅子《いす》から立ち上がった。

「双樹、小鳥遊ごときを生徒会長にはできませんわ！　アタクシたちこそが、生徒会長になるべきでしてよ！」

「サラちゃん、落ち着いてください。生徒会が嫌で中等部の時は留学していたのでしょう？　無理しない方がいいのではないでしょうか」

沙羅様がバツの悪そうな顔をする。そして、ぽつぽつと子どもの頃の話を語り始めた。

沙羅様と双樹様が明聖学園初等部に入学した頃の話だ。

ここで沙羅様は親や知り合いから紹介されるのではなく、自分から初めて友だちを作る。

沙羅様は初めてのお友だちに夢中だ。しかし、その友だちは母親に言われて沙羅様と友だちになったらしい、という事実を他の子どもから聞いてしまう沙羅様。

くだんの友だちに真偽を問えば、本当だと返される。本郷家とつながりをつくりたい母親から褒められて嬉しかったけど、当の母親が家を出て行ってしまったから、もう一緒にいる理由がないと言って彼女は沙羅様の元を去って行った。

それでもめげなかった沙羅様はまた新しい友だちを作ろうとする。しかし、そんなことしなくても向こうから友だちになってほしいとやってくることに気づく。それからは、いつも受け身でいた。すると友だちは沙羅様の立場を笠《かさ》に着て、横暴な振る舞いをし、ついにはイジメまでするようになる。しかし沙羅様は自分がしているわけではないからと無関心でいた。

ついにはイジメは表沙汰《おもてざた》になり、沙羅様はそこで初めて自分が先導したことになっていることを知る。桜田優里亜が沙羅様に脅されてやったと言ったのだ。

沙羅様のお母様は泣きながら叱《しか》った。沙羅様は何もしていないと主張するが、沙羅様が置かれている立場を説明し、沙羅様は見て見ぬ振りをしてはいけないのだと教えられる。

沙羅様の影響力は大きく、それゆえに沙羅様を利用する者がいると。だからこそ隙《すき》を見せずに手本になるべく行動して、友だちが悪いことをしたら諌《いさ》めなければならないと。

「何故、アタクシだけがそんなことをしなければならないのかと理不尽に感じましたわ。しばらく怖くて学校にも行けなくなって。それからは双樹が一緒にいてくれるようになりましたの」

「僕は小さな頃からあまり人に関心がなくて、トラブルにも縁がないけど、沙羅は人が好きだからね。寂しがり屋だし。それからだよ、僕ら双子が一緒にいるようになったのは」

その後、お母様は病気で亡くなり、更に二人の絆《きずな》は強くなった。

「アタクシは双樹がいれば特に困りませんでしたわ。だから友だちは必要としませんでしたの」

「互いに互いのことを分かっているから楽だしね」

そんな中、私と出会ったという。

「初めて会った時、レイちゃんからは他の人とは違う何かを感じましたの。アタクシと同じ側の人だと一目見て思いましたの。それに、九条院重一郎《じゅういちろう》様の話は本当によく聞きましたのよ。それはそれは小さな頃から。あの大好きなお祖父様が誰よりも尊敬している人でしてよ。レイちゃんがその方の孫だというのですもの！　運命だと思いませんこと？」

「私もサラちゃんと友だちになれて嬉しかったですわ。それまで私は友だちがいませんでしたし、孤独でした。サラちゃんは優しいし、美人だし、可愛《かわい》いし、いい匂《にお》いがするし
――」

「レイちゃん、もう十分ですわ！」

サラちゃんが顔を真っ赤にしてデレている。ツンが足りない。圧倒的にツンが不足している。

「私はサラちゃんのこと好きですよ。初めてできた友だちですし、いい匂いがしますし。でも、私たちはもっと世界を知らなければならないと思いますの。きっと社会に出てしまえば、立場の違いから親しくなる方々は限られてきます。今ならば、そういう垣根なく親しくなることができますもの」

サラちゃんが思案顔だ。

「僕はそういうのはいいよ。気に入った人しか要らないし」

「ソウ君、気持ちは分かりますが、将来、人の上に立つ立場になるのでしょう？　気に入った人だけを周りに侍《はべ》らせていたら、そのうち裸の大将……ではなく裸の王様になります

わよ」

裸の大将になったら、おにぎりを毎日差し上げたい。

「私も偉そうなこと言えません。知らないうちに人を不快にさせていることを知りました。更に言えば、私が存在すること自体が許せない人間もいます」

「レイちゃん。僕は面倒なんだよ。理解してもらえないから。みんな愚鈍だ。イライラするんだ」

「うふふ。ソウ君は真面目ですのね。他のことを考えていればいいのです。ソウ君も数人の話を同時に聞くことはできますでしょ？」

ソウ君の本音を聞けたので、私も本音で話す。

「ああ、レイちゃんっていつも何か脳内で妄想しているけど、人の話は聞いているし、理解してるよね。それって、そういうことなの？」

「ええ。人の話は聞いていますが、大抵違うことを考えています。だって退屈ですもの。ソウ君は真面目すぎます。私よりもずっと人に対して真摯《しんし》に向き合っています」

ソウ君は更に考え込む。

「でも、ピアノを弾いている時はピアノだけに集中しますわ。ソウ君もハッキングする時は集中しますでしょう？」

ソウ君は頷く。

「それでいいのでは？　ソウ君は孤独ではありませんわ。少なくとも私はソウ君を理解していると自負していましてよ」

「レイちゃん！」

ソウ君が抱きついてきた！　点滴が！

と思ったら、すぐにサラちゃんに引き離される。

「双樹！　勝手に抱きつかないでちょうだいな！　レイちゃんはアタクシのお友だちで、双樹はオマケですのよ！　大体、あなたはいつもいつもおにぎりねだって、まったく意地汚いですわよ！」

「沙羅、うるさい。おにぎり美味《おい》しいんだから仕方がない」

「双樹、何を言っていますの？　馬鹿ですの？」

「沙羅の方が馬鹿だよ」

ああ、二人が仲良く喧嘩《けんか》しているわ。姉弟っていいものね。そういえば、私にも兄弟がいたかもしれないのよね。父と大家さんの間にどんな過去があるのかしら。次はモサドの田中さんに事情を聞かねば。

「そうですわ！　レイちゃんも生徒会に入りましょう！　来年にはアタクシが会長で、レイちゃんが副会長ですわよ！」

「ちょっと、勝手に決めないでよ。僕が会長でレイちゃんが副会長。研修旅行もあるんだよね。レイちゃん、一緒に行こう」

「私は特待生ですので、そういう活動はできません」

特待生が生徒会に入るなんて前代未聞である。明文化はされていないが、あり得ないのだ。

「あら、小鳥遊亮《りょう》はあの外部生の女を生徒会に入れると言ってましたわ。ふん、そんなことさせるものですか！」

あれほど生徒会を嫌がっていたサラちゃんが変わった。世界が広がるのはいいことだ。私も外部生や特待生のお友だちもできたし。

私たちがわいわい騒いでいると一条清志郎《きよしろう》先生が声をかけられた。その後ろには万里小《までのこう》路《じ》様と葛城サマもいる。ノックをしたらしいのだが、私たちは話に夢中で気づかなかったのだ。

「本郷双子、話は聞いたぞ。今日から生徒会役員だ！　レイちゃんは俺の秘書だ！」

「薫《かおる》！　秘書なんて役職はないし、現生徒会役員の信任を得ないと生徒会に入れることはできないぞ」

相変わらずの葛城サマに、それを諫める万里小路様。

「薫君、静かにしろ。さあ君たち、九条院さんを診察するから席を外しなさい」

一旦、サラちゃんたちは出て行く。私は一条清志郎先生の診察を受け、血液検査の結果を教えてもらった後、点滴が外された。

「あと一週間ほどで退院できるね」

「本当ですか？」

退院したら、学園が用意してくれる借り上げの寮に入り、腕が不自由な間はヘルパーさんを頼む予定である。支払いは父にしてもらうつもりだ。そこは田丸弁護士がどうにかしてくれるだろう。

色々としなければならないことがあるが、前向きになった私は最強だ。

先生の診察が終わると、再びサラちゃんたちが病室に入ってくる。病室の外で待っている間に、サラちゃんとソウ君が生徒会に入ることが決まったようだ。葛城サマがスマホを私に見せてくる。画面に表示されたメッセージを見ると、現生徒会役員全員の信任を得たことが分かる。正式書類は明日以降になるらしい。

「ソウ君が副会長で、サラちゃんが書記ですのね。頑張ってください！」

私がそう言うと、皆さんが互いの顔を見合わせる。

「レイちゃん、なに他人事のように言ってるんだ！　レイちゃんも次の生徒会役員の一人だよ！　で、次期生徒会長の俺の秘書だ！」

「葛城さん、何訳の分かんないこと言ってんのさ。レイちゃんは庶務だよ」

「レイちゃん、アタクシと一緒に生徒会に入ることになりましてよ！」

何故私まで生徒会に入ることになっているのだ。

「私は特待生で、生徒会に入るとなると生徒の皆さんからの反発は避けられません。いえ、生徒だけでなく学園側からも。伝統を重んじる学園ＯＢ・ＯＧの方々からも許されないでしょう」

私が正論を吐くも、皆さんにっこり笑顔だ。

「レイちゃんが名門九条院家の令嬢ということはもうみんなが知るところだよ。それに、学園のＯＢ・ＯＧは九条院重一郎様や白鷺《しらさぎ》マリ様を崇拝する人が多くてね。なんの問題もない」

万里小路様がそう説明してくれるが、私はとにかく遠慮したい。生徒会だなんて無理である。

「そうは言いましても、私は内部生ではありませんわ。ましてやサロンメンバーでもありません。やはり不適格かと思いますわ」

「レイちゃん！　これからはサロンメンバーとか関係なく生徒会を運営するんだ！　俺が新しい生徒会を作るチェ・ゲバラになるんだ」

ええ……。あの英雄チェ・ゲバラに大変失礼である。これは土下座ものだ。

「薫、静かにしろ。レイちゃん、いきなりこんな話になってごめんね。レイちゃんなら適任だと盛り上がってしまって。入院中に申し訳ない。今は養生に専念してね」

申し訳なさそうに万里小路様が謝る。そして見舞いの品だと言って、箱を差し出した。万里小路様は今日は苺《いちご》のミルフィーユを持ってきてくださった。これがマキシム・ド・パリのナポレオンパイとのこと！　現在も銀座のレストランで当時の味を再現して提供されているらしい。

私は感動して涙ぐんでしまった。一生憧《あこが》れのままで終わると思っていたのだ。なんという、邂逅《かいこう》！　ああ、生きていてよかった！

「レイちゃん、その程度でそんなに感動しちゃって、チョロすぎるよ！　すぐ餌《え》付《づ》けされちゃってさ！」

「ソウ君、高岡様からお店自体がなくなったと聞いた時の絶望は忘れられませんわ。でも、でも、憧れのナポレオンパイが目の前にありますのよ！」

その時である。

「あ、これすっごく美味《うま》いね！　悠《ゆう》さん、どこの店の？」

切り分ける前のナポレオンパイを葛城サマが食べたのだ！　お皿を用意してもらっている間に、端を一口食べたのだ！

私は本気で泣いた。

悔しくて泣いた。葛城サマなんて嫌いだ！　大嫌いだ！

サラちゃんは葛城サマに軽蔑《けいべつ》した目を向けた後、私の頬《ほお》にハンカチをあてる。

「レイちゃん、涙を拭いてくださいまし。ほら、みんなでいただきましょう？　万里小路様が紅茶を淹《い》れてくださいましたわ」

特別室だけあって食器もある。ティーカップとソーサーはヘレンドの葉の模様のものだ。フキさんが好きそうな柄である。

私は片手が不自由なので、上手く食べられない。その様子を見たサラちゃんが私に食べさせてくれる。

「レイちゃん、あーんですのよ」

私は雛鳥《ひなどり》のように口を開け、ナポレオンパイを食べる。

サクサク感と苺とクリームのバランスが絶妙で最高に美味しい！

「サラちゃん、私、生きててよかった……！　美味しいものが、この世には沢山ありますのね。生きててよかった！」

私は涙を流しながら食べた。

「ははは！　レイちゃんは変わってるな！　こんな面白い女の子は初めてだ」

私はキッと葛城サマを睨む。

「そういう台詞《せりふ》は桜田優里亜様に言ってください」

乙女ゲームだと、俺様王子は『ふっ、おまえは変わってるな』とヒロインに興味を持つわけである。

「なんで、優里亜に言わないといけないんだ。あいつはただの幼馴染《おさななじ》みだ。それ以上でもそれ以下でもない。乙女ゲームとかいうのに関係するのか？」

ここでサラちゃんが立ち上がった。

「葛城様、この際ですから申し上げますけど、アタクシ、本当に桜田優里亜が大っ嫌いですの！　昔のこともありますけれども、今も人のせいにばかりして！」

なんのことだと、葛城サマがサラちゃんに尋ねる。サラちゃんは今までのことを詳細に説明した。

「俺は俺の目で見たことしか信じない。しかし、本郷双子姉の言うことは信憑性《しんぴょうせい》が高い」

万里小路様は桜田優里亜サマの妄想を知らない。そもそもネット小説を読まないので、意味が分からないようだ。ソウ君が掻《か》い摘《つま》んで説明する。

「桜田さんか。いつも薫の後ろについている子だね。薫。レイちゃんを泣かせた詫《わ》びとして、責任持って桜田さんのことをどうにかしろ」

万里小路様はいつもと違って、とてつもなく冷たく言い放つ。美しい横顔が怖い。さすがの葛城サマも黙ってしまう。

そこに新たな見舞い客が来た。

高岡様と一条陽水先生だ。

「レイちゃん、こんにちは。随分と見舞客が多いな。疲れてないかい？」

高岡様が皆さんを一瞥《いちべつ》した後、私に話しかける。

「いいえ。万里小路様がマキシム・ド・パリのナポレオンパイを持ってきてくださったのです。復刻版でして当時の味を再現したという苺のミルフィーユ。すごく美味しいのですよ！　ですから、私は今幸せですの」

高岡様が万里小路様を見やると、万里小路様はよそ行きの顔で微笑む。

「……よかったね、レイちゃん」

そう言うと、高岡様はサラちゃんとソウ君の方を向いた。

「お前たち、レイちゃんはまだまだ本調子じゃないんだ。あんまりうるさくするんじゃない。そろそろ帰りなさい」

「じゃあさ、要《かなめ》兄さんも一緒に帰ろう」

「私は来たばかりだぞ」

「ええ、分かっていましてよ。……アタクシ、要兄様がレイちゃんを密《ひそ》かに見守っていたのは存じてましたわ。でも、あの画像はいただけませんわ。さあ、お花はお手伝いの方に生けてもらいましょう。要兄様、アタクシたちと帰りましょう。ほら一条先生も」

「沙羅、画像とはなんのことだ？」

高岡様がそう聞くと、ソウ君が鞄《かばん》からパソコンを取り出し開いた。そこには私の画像が何枚もあった。ごくごく普通の普段の姿である。制服姿だったり、ジャージ姿だったり。

ただしカメラに視線が合っているものはほぼない。恐らく監視カメラの映像だろう。

「お前、どうしてこの画像を！」

「生体認証のハッキングって簡単だよね」

この画像の何が問題か分からない。

「ソウ君、特に問題はないと思うんです。恐らく私を警護するにあたって必要な情報だったのでしょう？　感謝こそすれ、怒る理由が分かりませんわ」

「……そういうわけだ。不快にさせたならば、申し訳ない。レイちゃん」

「とんでもない！　同志ヨシオが、高岡様も私を守ってくださっていたと教えてくれましたし。本当にありがとうございます」

高岡様は本当に親切な方だ。本郷猛様に言われたから、私を見守ってくれていたのだとは思うけれど。

こうしてみると、私がゲームのヒロインのように思える。陰から密かに守られていたのだ。それも、同志ヨシオ、モサドの田中、そして高岡様の男性三人に。まさしくヒロインだ。ただし、相手が全て淫行条例に引っかかる。年齢もダメだが、乙女ゲームの攻略対象にモサドの田中さんはない。マニアックすぎる。

納得がいかない顔をしているサラちゃんはお手伝いさんを呼んで、お皿を片付けるように頼んでいた。一条先生は空気だ。何をしに来たのだろう。そう思っていると、一条先生が紅茶の茶葉の入った缶をテーブルに置く。

「はい、お見舞い。以前、紅茶を個人輸入している友人がいると言っていたでしょ。その子が私に特別にくれたものでお店では手に入らないんだ。ダージリンのセカンドフラッシュだよ」

「……その方は女性ではありませんか？」

「ああ、そうだけど」

「受け取ることはできません。先生に飲んでいただきたくて、その方は渡されたのでしょう？　お気遣いはありがたいのですが、こういうのはあまり感心できません」

一条先生は見た目だけでなく中身もチャラいのか。

「そういえば、一条先生も桜田優里亜の脳内乙女ゲームの攻略対象だよね。女遊びをやめて真実の愛に目覚めるってやつ？　沙羅」

「そうですわよ、双樹。桜田優里亜か外部生の女かが真実の愛とやらを教えてくれるらしいですわ」

真実の愛とはなんだろうか。父もそんなことを言っていた。

私はその空々しい言葉に無性に苛立《いらだ》ち、桜田優里亜サマの脳内乙女ゲームの設定だと知りつつも一条先生を責めるような物言いをしてしまう。

「酷い話です。一条先生が真実の愛に目覚めるまでにお付き合いなさった女性の気持ちを考えると、真実の愛というのは随分と残酷なものですのね」

病室がしいんとした。

「九条院さん、私はそんなに酷い男ではないよ。確かに何人かの女性たちとは親しくしているけれど、みんな割り切ったものだし」

「一条、お前墓穴を掘っているぞ」

高岡様が素早く突っ込む。一条先生は割り切っているつもりでも、相手もそうだとは限らない。そのうち刃傷沙汰《にんじょうざた》になりそうな人である。軽蔑してしまう。自分でも知らなかったが、私は存外に潔癖なようだ。

しばらくして、皆さんは帰っていった。

やはり私はまだまだ本調子ではないのだろう、少し疲れてしまった。

それにしても万里小路様は凄い。紫の薔薇にナポレオンパイ。

退院したら、気の利いたお礼をしたいものである。

麗子解説 語録

キン肉マン

ゆでたまご先生が描く超人の世界。
本当に沢山の種類の超人がいますの。
びっくりするような超人ばかりで、ハラハラドキドキしましたわ。
ちなみに私はロビンマスクとウォーズマンが好きですの！

ジョジョの奇妙な冒険

いつまでも若々しい荒木飛呂彦先生の作品で、
人間賛歌が主題の漫画ですの。今はPart8が連載中ですわ。
私は第二部の柱の男エシディシに感銘を受けましたの。
彼は泣くことによって感情の昂ぶりを抑えるんですのよ！

ガラスの仮面

美内すずえ先生が描く演劇に生きる女の子たちの漫画ですわ。
主人公の北島マヤちゃんは平凡な女の子なのですが演じると
全くの別人になる天才肌で、ライバル役の姫川亜弓さんは努力家。
どちらが紅天女を演じるのかしら？

第九章　この運命に抗《あらが》うために！

入院生活もだいぶ慣れてきた。毎日、サラちゃんとソウ君は見舞いに来てくれる。生徒会に入って忙しい毎日を送っているそうだ。夏休みに入ると三年生は引退らしい。つまり万里小路《までのこうじ》様が引退して、葛城《かつらぎ》サマが生徒会長になるのだ。

クラスメイトの木本《きもと》さんたちもやってくる。お見舞いの品も私が食べてみたかった、うまい棒や、モロッコヨーグル、キャベツさん太郎などの駄菓子だ。駄菓子に憧れていた私は大はしゃぎしすぎて、みんなに苦笑いされた。

先日、サラちゃんとソウ君がその場に交ざった。二人とも最初こそはぎこちなかったけれど、駄菓子を前にして目が輝く。

「なんですの、この可愛《かわい》いお菓子は！」

モロッコヨーグルに釘付《くぎづ》けのサラちゃん。

「蒲焼《かばやき》さん太郎は癖になるね」

格好つけても格好つかないソウ君。

「うまい棒って神ですわね！　安いのにこんなに色んな種類が食べられるなんて！」

うまい棒の全種類コンプリートを密《ひそ》かに誓う私。

木本さんたちも、少しずつ緊張がほぐれていく。私たちは同じ高一なのだ。共感し合えることも沢山あるはず。

私のギプスが外れ本調子になったら、快気祝いにみんなで吉野家《よしのや》に行くことになった。

その日は朝から何も食べずに牛丼に臨もうと思う。正しいマナーも調べておかなければならない。

第九章
この運命に抗うために！

1

先日、田丸《たまる》弁護士に父との関係を教えてもらったが、昨日はモサドの田中《たなか》さんからも話を聞かせてもらった。モサドの田中さんは当たり前だがモサドではなく、薬学研究者だった。

なんでもＨＯＮＧＯ製薬が研究開発した免疫抑制剤の元となる真正細菌を花丘町《はなおかちょう》の裏

山の土壌微生物から分離した人なのだ。十二年前のことだという。花丘町に越す前は、普通の研究者で海外で土壌微生物をひたすら調査研究をする人だった。

そんな田中さんは若い頃、学生運動にのめり込んだ。全共闘でバリケード封鎖した人の一人らしい。

そして、その活動を支援したのが私の父、九条院透《くじょういんとおる》である。アメリカで反戦デモ活動の支援をしつつ、日本でも学生を支援していた。

「九条院さんは学生たちを応援していた。金銭面で大いに援助してくれた」

田中さんは思想の違いから学生運動をやめた後も、独自の思想を編み続ける。その傍ら博士号を取得するも、その偏った思想ゆえに家族からは縁を切られた。研究をしつつ田中さん独自の思想を深めていくが、それを支援し続けたのが父なのだ。

田中さんの隣に住む不仲と噂《うわさ》される息子さんは、実は息子さんではなく、父がつけた助手兼秘書だった。花丘町では田中さんの息子であるという事実とは異なることが、あたかも真実として受け入れられている。

ちなみに田中さんは今も公安にマークされていると本人は言う。しかし、公安にマークされる人が銃を所持なんてできないと私は思う。

「公安にマークされながらも、銃を所持できるものなのですか？」

「そんなこと、ワシには分からん。思想は自由だ。そうだろう、麗子《れいこ》君」

第九章
この運命に抗うために！

「公安にマークされるということは、危険思想じゃないでしょうか」

「平等とはなんぞや」

「……そんなものありませんわ。平等なんてあり得ません。多くの人間は与えられた環境でより良く生きていくために努力しています」

　モサドの田中さんは独自の不思議思想を持った薬学博士である。サバイバル術はゲリラ戦になった時を想定して、若い頃から訓練をしているらしい。ちなみに山暮らしを教えてくれたのは、東北で土壌採取をしていた時に親しくなったマタギのおじいさんとのこと。

「その訓練ではゲリラ兵ではなくて、マタギになると思うのですが」

　仮想敵をクマに見立てていたのだろうか。よく分からない。とにかく、田中さんは山に潜伏しても大丈夫なように訓練したわけである。私にいいスナイパーになると言っていたが、正しくはいいマタギだと思う。となると、私はいいマタギになれるということか。なんだか嬉《うれ》しい。私が孤高のマタギ。格好いい！

「麗子君に私の理想とする国家思想を教えるように九条院さんから頼まれた。無階級社会を目指すためには、貧困生活をさせて苦しみを知るべきだと九条院さんは言ったんだ。苦労は麗子君を成長させると」

　なんて勝手なことを！　自分は豊かな暮らしをしてて、何を言うのだ！

「私は定期的に九条院さんに報告書を提出していた。君は貧しい生活を強いられていたな。

下働きをさせられ、厳しい教育を受けさせられても、いつもニコニコ楽しそうにしていた。ワシは段々と分からなくなってきた。貧困は不幸なのかと」

私は父によって貧しい生活を強いられていたらしい。まさか協力者はフキさんだろうか？

「貧しいからといって、不幸だとは限りませんわ。そもそも私は衣食住には困っていませんでしたし。貧しくはあっても貧困ではありませんわ。知識だって図書館がタダで与えてくれましたもの」

モサドの田中さんは頭を抱えた。

「ワシはワシの理想とする国家を作るための兵士として麗子君を指導した。間違っていた！　それに気づいた時には君はワシが教えたことは全て吸収していた後だった」

「いいえ、火炎瓶は投げられませんわ。私、運動音痴ですの」

なるほど、モサドの田中さんが私に親切だったのは父のせいか。田中さんは私に色々と教えてくれたが、兵士になった覚えは一切ない。というか運動音痴すぎて兵士になれないと思うのだ。

「心配なさらなくても、田中さんの思想には染まっていませんわ。私を導いてくれたのは、『はだしのゲン』と『カムイ伝』ですもの。彼らに比べれば、私の人生なんて生ぬるいですわ」

と言いつつも、風邪をひいた時は惨めな気持ちになったけれど。まだまだだ、私は。

私がルンペンプロレタリアートやらマルクス主義やらを普通に知っているのはモサドの田中さんのせいだった。子どもの頃、田中さんは昔話やおとぎ話のようにレーニン主義やトロキズムの話を私にしていた。特に面白くなかったが、しっかり覚えている。

また、花丘町立図書館の一角を占めていたそういった思想の本は全て田中さんの寄贈だった。その中には田中さんの著書もあるそうで、出版費用は父が出したらしい。

「田中正治《しょうじ》の本は読んだだろ？　それがワシの本だ」

「ああ！　ファンタジーの本かと思っていました。夢の世界の話ですわよね。あれ本気で書かれてたのですか？」

思わず本音がでてしまい、モサドの田中さんはがっくり首を垂れる。

「ワシは麗子君を監視するために花丘町で暮らすうちに、幸せを知ってしまったようだ。麗子君はワシの思想を根底から覆した。貧乏イコール不幸ではない！」

「幸せというのは主観的なものですもの。田中さんは大学に通えるほど裕福でしたのでしょう？　ならば、貧乏が不幸だと思うのは仕方ないかもしれませんわ。田中さんは貧乏を知りませんもの。貧乏は貧乏でも借金があるのは辛《つら》いでしょうし。人それぞれだと思いますわ」

田中さんと父の繋《つな》がりは判明した。父は若者に恩を着せて、後々利用している。田丸弁護士もその一人だ。恐らく彼らの他にもいるだろう。

父の意識はまだ戻らないらしい。大家さんも入院中だ。大家さんの息子さんで、私にラジカセをくれたおじさんは糖尿病が進行して透析を受けているので、おじさんのお嫁さんが大家さんのお世話をしているとのこと。

「田中さんは大家さんのこと知っていますか？」

「九条院さんから、君の言う大家さんこと、緑谷節《みどりやせつ》さんのことも頼まれた。緑谷さんが麗子君の祖母と同居人山田《やまだ》フキに嫌がらせをされる可能性があるからと。そんなことはまったくなかったがな」

父は本気で大家さんのことが好きだったようだ。いつ大家さんと出会ったのだろうか？田中さんに聞くが、その点は分からなかった。

しかし私の母のことは知っていた。ただし、反戦の裸のアーティストとして。母は反戦ではなく枯葉剤について訴えていたらしいと私が言うと、田中さんは当時でも一部の化学者は枯葉剤に対して危惧《きぐ》していたらしいと教えてくれた。

モサドの田中さんは帰り際、私に頭を下げた。

「麗子君。ワシは君を助けることができたのに、そうしなかった。むしろ貧しい生活をするように監視していた。小さな君がつぎが当てられたズボンを穿《は》いて山で薬草をニコニコしながら採っている姿は切なくも懐かしい思い出だ。……ワシはダメな大人だった」

私は特にモサドの田中さんに恨みはない。むしろ感謝している。私に薬草や猪《いのしし》の解体方法を教えてくれたのだ。そもそも赤の他人に助けてもらおうなんて図々しいと思う。

そう伝えると、モサドの田中さんは眦《まなじり》に涙を溜《た》めて、病室を出て行った。

確かに変な思想は教えられたが、洗脳まではされていないし……。多分。

私はうまい棒コレクションから、コーンポタージュを選び片手で開けて食べながら、山でニッキの枝をかじっていたのを思い出すのだった。今の私は贅沢《ぜいたく》だ！


さて、退院後は学園の寮に入るのだが、寮といっても学園のすぐそばの借り上げのマンションの一室である。オートロックで管理人さんではなくコンシェルジュさんも常駐しているので安心安全なのだ。ただし防音室はない。ピアノに関しては学園のピアノ室で練習させてもらう予定である。音楽科もないのにこの学園にはピアノ室なるものがあるのは、流石《さすが》名門校といったところか。

左腕のギプスが取れるまではヘルパーさんを手配することになった。費用は全て父に支払ってもらうが、そのあたりについては田丸弁護士に全て任せている。父はまだ意識が戻らないし、大家さんもまだ入院中だ。

私の退院後のことが決まってほっとしていたら、存在を忘れていた城山《しろやま》サマが現れた。いや、見舞いに来てくれたのだ。葛城サマとともに。

「九条院麗子！」

城山サマはドアが開かれると同時に私の名前を叫ぶと、ベッドまで走ってきて私をぎゅうぎゅうに抱きしめる。そして泣いていた。

「ピアノ、また弾けるよね？」

ああ、城山サマはピアニストとして私を心配してくれたのだ。

「恐らく、大丈夫かと」

私がそう答える前に、城山サマは葛城サマに引き剥《は》がされた。

「コンクールがあるから日本に戻ってきたら、九条院麗子はコンクールに出ないというんだ。怪我《けが》をして入院しているというんだ」

私はこんなに長く喋《しゃべ》る城山サマを初めて見た。長文が話せるのだと妙に感心してしまう。

城山サマは海外にいたのか。なるほど、桜田優里亜《さくらだゆりあ》サマの言っていたように、基本的に外国にいるようだ。……学園の単位は大丈夫なのだろうか。

「はい、今回は残念ながら辞退することになりました。でも怪我が治りましたら他のコンクールに出ますわ。でも城山様と勝負するつもりはありません。私、怪我をして初めてピアノにどれだけ依存していたかを知ったのです。ふふふ、ピアノ中毒ですわ、私。今も弾きたくて弾きたくて堪《たま》らないんですの」

スナック明美《あけみ》が店じまいして、行き場を失ったおじさんが紙パックのお酒をストローで飲んで歩いていたけど、まさにそんな感じなのだ。……いや違う。酒! 飲まずにはいられないッ! という焦燥感を伴う気持ちだ。ピアノを弾きたくて弾きたくて、我慢ができないのだ! ちなみに『ジョジョの奇妙な冒険』も万里小路様から借りたタブレット端末に入っていた。私の母が二部のジョセフの母親のリサリサのように実は生きていて、事情があって私を手放さざるを得なかったなんて事実があったらいいなと妄想してしまう。戸籍謄本で母の死は確認しているけれども。『魁!!男塾』のように、実は生きていたらいいのに。そしたら同志ヨシオも喜ぶだろうし。

こんなに長くピアノに触れていないのは初めてのことで、狂おしいほどピアノの音色を、感触を、欲している。

マリ様の絶望をほんの少しだけ理解できたような気がする。ピアニストにとってピアノが弾けないことは筆舌に尽くしがたい辛さだ。マリ様にとってピアノは全てだった。完璧主義でなければ、細く長くピアニストとしてやっていけただろうが、妥協ができなかった。だからマリ様は私にしか演奏を見せなかった。他の人には見せないし聴かせなかった。あのフキさんにさえも。

「本当に? 本当に前のように弾ける?」

城山サマが涙を流しながら私に聞くので、笑顔で答えた。

「城山様のコンクール受賞者コンサートに行きますから、一位をとってくださいね」

「コンサートでは九条院麗子に曲を捧げる」

曲を捧げるという言葉は意味ありげに聞こえるが、城山サマは頭に鳩《はと》を乗せる方だ。大した意味はないだろうと頷《うなず》く。

すると、城山サマは笑顔で私のギプスで固定された左手にそっとキスを落とした。

ギョッとして、ひえっ！　と変な声が出てしまう。

「九条院麗子の演奏を早く聴きたい」

またもや城山サマは葛城サマによって私から引き離される。

「レイちゃん、悪いな！　レイちゃんのことを聞いたミハエルが家で暴れちゃって。手を付けられなくなった父親から俺《おれ》のところに連絡が来たんだ。で、レイちゃんの元気な姿を見せれば安心するだろうと判断してここに連れてきた！」


城山サマのご両親、しっかりしてください。今までぽわわんと大人しかったそうですから、きっと厳しく叱《しか》ることはなかったのだろうけれども。私にとって城山サマは躾《しつけ》のなっていないキャンキャン吠《ほ》える犬のよう。スナック明美の明美ママが小さな可愛い犬を散歩させていたけれども、白い毛をゴムでぎゅっと結わえられていて痛そうだったわ。あの犬もあちらこちらで吠えてたのよね。

そんな城山サマでも葛城サマよりはずっとマシだと思う。だって無断で私の食べ物を食べたりしないもの！

「そうでしたの。……葛城様は城山様とは昔からの幼馴染《おさななじ》みと伺っていますが、今のこの城山様の状態は大丈夫なのですか？　私は以前の城山様を存じませんが、サラちゃんの話によるともっと穏やかな方だったのでしょう？」

鳩が頭に乗っていたなんて信じられない。

「ああ、ミハエルはメタモルフォーゼしたんだ！　レベルアップしたんだ！」

葛城サマは何を言ってるのだろうか。

「ボク、メタモルフォーゼしたんだ！」

この二人は大丈夫だろうか……。私が固まっていると新たな見舞客が来たという知らせが入る。しかし、名前を聞いて戸惑ってしまった。

「レイちゃんそんな顔してどうした。一体、誰《だれ》が来るんだ？」

葛城サマはお子様王子様だが、人の心の機微に敏感だ。

「小鳥遊《たかなし》様と結城《ゆうき》さんです……」

葛城サマはそれを聞いて、眉《まゆ》を顰《ひそ》めた。

「ミハエル、お前は帰れ。俺はここに残る」

「九条院麗子に何かされたら困る。ボクもここにいる」

葛城サマと城山サマがいてくれてよかった。また小鳥遊様に手を上げられたら困る。更に体を不自由にするわけにはいかない。

私は若干の緊張を持ち、二人を待った。

しばらくするとドアがノックされる音がし、私はどうぞと答えると、小鳥遊様と結城サンが、並んで病室に入ってきた。二人とも気まずそうにしている。そんなに気まずいのならば、見舞いに来なくてもいいのにと思わなくもない。

「お見舞いに来てくださったのですか？」

小鳥遊様たちが何も言わないので、こちらから声をかけると、ああ、と返事が返ってきた。葛城サマと城山サマは、ソファに座ってこちらを監視している。そう、まさに監視しているのだ。

「それはわざわざありがとうございます」

笑顔で答えると、結城美羽《みう》サンがこちらを睨《にら》んで言葉を発する。

「だから、そういう余裕のある態度が嫌味なの！　なんで普通に話せないの？」

「……不快ならば、どうぞお帰りになってください。あなたはどうしていつも私に食ってかかるのですか？」

「あなたって、本当に嫌な人ね！」

その時、小鳥遊様が結城サンを制した。そして、床に頭をつけて土下座した。

第九章
この運命に抗うために！

突然のことで私は言葉を失う。

「亮《りょう》、何やってんの⁉　ねえ、頭を上げてよ！」

結城さんが小鳥遊様の肩を摑《つか》み立たせようとするが、びくともしない。

「すまなかった。全部フキばあちゃんから聞いた。昨日、入院中のフキばあちゃんに九条院の家が潰《つぶ》れたことを話したんだ。フキばあちゃんはテレビを見ないし、白鷺《しらさぎ》マリのレコードを一日中かけているだけだから、土砂災害のことを知らなかったんだ。そしたら、顔を真っ青にして麗子様は大丈夫なのかって心配するんだよ。知らないって答えたら、病室から出ようとしてさ……」

「ええ⁉　フキさんは大丈夫なのですか？　フキさんの容態は？」

私は身を乗り出して小鳥遊様に聞く。ベッドから落ちそうになって葛城サマが支えてくれた。

「レイちゃん落ち着け。小鳥遊、椅子《いす》に座って話せ。俺が許す」

「え、葛城さんは関係な――」

「さっさと椅子に座れ！」

お子様王子様の葛城サマが凄《すご》むと迫力がある。でも万里小路様の方が本当は怖いと思う。この葛城サマを御せられるのだから。

小鳥遊様は椅子に座り、話を続ける。

「フキばあちゃんから、本当のことを教えてもらった。じいちゃんから聞いた話はほとんど嘘《うそ》だった。でもじいちゃんは俺を救ってくれた人なんだ。だから信じられなくて……！」

要領を得ない。私はそんなことよりもフキさんの容態を知りたいのだ。そう言うと、小鳥遊様は大丈夫だと返事をした。本当だろうか？

「本当にフキさんは大丈夫なのですか？　私が退院したらお見舞いに行っても構いませんか？」

「九条院さんは、あんな扱いされてもフキばあちゃんのことが好きなのか？」

「何をおっしゃりたいのか分かりかねますわ。フキさんは私を育ててくれた恩人ですのよ」

「俺だったら許せねぇよ！　俺は今、フキばあちゃんが許せねぇんだよ！」

それから小鳥遊様はフキさんから聞いた話をし始めた。結城美羽サンは何も知らなかったようで、おろおろしている。なんでついてきたのだろうか。彼氏彼女はいつでも一緒にいなければならない不文律でもあるのだろうか。だったら私は彼氏なんていらない。できる予定もないけれど。

フキさんは、私には一切お金を使ってないことや、私にほとんどの家事をさせていたこと、マリ様の介護をさせていたことを話したようだ。学校で私が虐《いじ》められる切っ掛けを作ったことも。同級生のお姉さんの着物をバカにしたのはマリ様でなくフキさんだったようだ。このことを聞いて私は動揺してしまう。

そもそも、私の世話はほとんどしなかったと小鳥遊様に言ったらしい。

「それでも私は育ててもらいましたわ。何をもってちゃんと世話をしたというのか基準は分かりませんが。私はフキさんと手を繋いで歩いたことや、髪の毛を結ってもらったことを覚えていますもの。一緒に料理をしたし、掃除もしましたわ。私が一人でできるようになってからは、フキさんに楽をしてもらいたくて私が家事を担ってましたけれど、それは普通のことでしょう？　どうしてお年寄りに家事を丸投げできますの？」

小鳥遊様は目を丸くしてこちらを見る。

「だって、お前、自分のばあちゃんに叩《たた》かれてたんだろ？　フキばあちゃんのせいで」

「私の祖母が私を竹尺で叩くのは普通でしたわよ。なんでも叩いて教えられましたわ。言葉遣い、指先の動き一つで叩かれましたもの。フキさんが原因で叩かれたとなると、他所から貰《もら》ったお下がりを私が着たことかしら？　それとも、他所から貰ったお菓子を食べたからかしら？　どちらもフキさんが私に与えたものでしたわね。この時はマリ様は私が泣くまで叩きましたわね。卑しいと。懐かしいですわね」

私が目を細め懐かしむと、小鳥遊様が椅子からガタッと立ち上がる。

「お前、頭がおかしいぞ！　お前、虐待されてるじゃないか！　フキばあちゃんはマリ様とかいうやつと二人きりになりたくて、よくお前を外に放り出してたって言ってたぞ！

それでもフキばあちゃんを庇《かば》うのかよ？」

フキさんは私のことが邪魔だったのか。私が邪魔で仕方がなかったのか。私は本当にマリ様のおまけでしかなかったのだ。

もしかしたら、フキさんに少しは大切にされているかもと思っていたけれど、そんなことはなかった。

「……放り出してくれたお陰《かげ》で、他の大人の方々に色んなことを教わることができましたわ。ええ、家の中では英語で会話をすることが多かったので、日本語を学ぶ機会を得られましたし。私、山菜を採るのも、猪《いのしし》の解体もできましてよ。田舎料理も得意でしてよ」

「お前、馬鹿かよ。泣いてんじゃないか」

私は何故《なぜ》か泣いていたようだ。何故だろう。

分からない。

フキさんが本当は私のことを愛してくれていたのではないかと期待していたから？　けれどフキさんは私を疎ましく思っていて、それが事実だと分かったから？　私はフキさんに嫌われていたのだ。

「レイちゃん！　真実は一つじゃないぞ。そのフキさんの言う真実と、レイちゃんの真実はこんな風に一部は重なってるが、他は重なってないんだ！」

葛城サマはテーブルにあったメモ用紙にベン図を描いていた。丸が二つあり、フキ真実、レイ真実とそれぞれに書いてある。そしてそれぞれの集合体の共通部分に斜線を引く。

「薫《かおる》、それ何? アウディのエンブレムだとあと二つ丸がいるね!」

城山サマが勝手に丸を増やす。なんの絵だか分からなくなった。もはや何が言いたいのか分からない。

「とにかく、フキさんからも話を聞くべきだ! できたら白鷺マリ嬢にも話を聞きたいが天国にいるしな! 彼女は本当に俺の好みだ!」

「葛城様はすごくマニアックな性癖をお持ちなのですね。年の差おおよそ八十五歳。私、涙が引っ込みましたわ」

私の脳内には老女マリ様に葛城サマが跪《ひざまず》く姿が描かれている。あまりのことに悲しみがぶっ飛んだ。同志ヨシオの女性の趣味も大概だと思っていたが、葛城サマの足元にも及ばない!

「レイちゃん! 俺の好みはあの写真のマリ嬢だ! 変な勘違いするな!」

珍しく葛城サマが焦っている。しかし、私にとってマリ様はあの老女マリ様なのだ。高慢ちきな老女マリ様とお子様王子様葛城サマ。マリ様は葛城サマを竹尺でバシバシ叩き、それを嬉《うれ》しそうに受ける葛城サマ。実に倒錯的である。

「人の好みにとやかくいうほど野暮ではありませんわ」

私は慈悲深く微笑《ほほえ》む。

「ボクは白鷺マリより九条院麗子の方が好きだ」

城山サマが唐突に話に加わる。

「城山様はマリ様の『演奏』より私の『演奏』の方がお好きなのですか。それは大変光栄ですわ」

城山サマは言葉が足りない。葛城サマと城山サマだけではなく万里小路様にも来てほしかった。私には手に余る。

小鳥遊様と結城美羽サンはこの状況についていけないようだ。残念なことに私は彼らの奇妙な行動に慣れてしまっていた。

ぽかんとしていた小鳥遊様がようやく我に返る。

「葛城さん、何が言いたいのか分かんねぇよ。虐待されたことのない人間に何が分かるんだよ！　九条院さんは虐待されてたんだよ。なのに今もフキばあちゃんの愛を求めてんだ。憐《あわ》れじゃねぇか！」

「私が虐待を受けていた？　どうしてそう思うのですか？　私はまったく身に覚えがありません、いえ、マリ様の躾《しつけ》は厳しかったですわ。あれを虐待というならば、ええ、虐待になるかもしれませんわね」

小鳥遊様が私を憐れむように、そして腹立たしげに見る。

「フキばあちゃんはお前を虐待してたんだよ！　認めろよ！」

第九章
この運命に抗うために！

「……そもそも、フキさんに私を育てる義務はありませんわよ。どうして、小鳥遊様はそんなに怒っていますの？」

「俺はお前みたいな、無自覚な奴《やつ》が憐れで嫌いなんだよ！　俺も母親に虐待されてたんだ！　クソがっ！」

小鳥遊様が拳《こぶし》で自身の膝《ひざ》を叩く。

「小鳥遊様はお母様に虐待されてましたの？」

「あれはお母様なんて柄じゃねぇよ。クソババアだ」

小鳥遊様は自身のことを語り出した。

小鳥遊様のお母様は、小鳥遊家の一人娘で厳しく育てられた。なんでも、小鳥遊様のお祖父様の継母がアバズレだったそうで、嫌な思いをしたから貞淑な女性に育てたかったらしい。

「じいちゃんの本当の母親がフキばあちゃんだ。じいちゃんが子どもの頃に、アバズレのせいでフキばあちゃんは家を追い出されたと聞いている。それでアバズレが後釜《あとがま》に収まったんだ」

小鳥遊様のお祖父様は結婚して一人娘をもうける。小鳥遊様のお母様だ。小鳥遊様のお母様は中学生の頃からグレてしまい、家に帰らなくなった。その頃、お母様のお母様、つまり小鳥遊様のお祖母様は心労で亡くなる。

そしてお母様は高校一年生の時に妊娠するが、その時の子どもが小鳥遊様である。お祖父様は激昂《げっこう》し、お母様を勘当した。

「俺の親父は渋谷《しぶや》にたむろしていたチーマーだ。両親は結婚して、しばらくは普通に暮らしてた。親父はヤクの売人やってて、それなりに金はあったみたいでさ」

小鳥遊様はすっかりやさぐれた口調になっている。

とにもかくにも、若い二人は小鳥遊様を産み育てることにしたのだ。

「いい話ですわ」

「どこがだよ？　父親がヤクの売人のチーマーで、母親十六歳って底辺じゃねえか」

「私の父親は生まれてすぐに私を祖母に預け、養育費を払ったこともないクズですわよ。母親は出産時に亡くなっていますし。若くて苦労もあっただろうに、小鳥遊様を堕胎することもなく捨てることもなく手元で育てようとなさったのでしょう？」

「結局、育てられねぇんじゃ意味ねぇだろ！」

「まあ、そうですわね。小鳥遊様にとってはいい迷惑かもしれません。でも最初から捨てる、というか復讐のために使われる子どもであった私とは大きな隔たりを感じますわ」

小鳥遊様は舌打ちをして、話を続ける。

小鳥遊様が四歳の時にヤクの売人だったチーマーの父親はヤクザに殺された。ヤクザのシマで勝手に麻薬を売ったせいだ。それから、小鳥遊様は母親と二人で暮らすことになる。

「クソ貧乏になってよ。クソババアはキャバクラで働いて家にいねぇし。俺、幼稚園にも行かせてもらってないんだぜ？」

「あら、奇遇ですわね。私も幼稚園に行ってませんのよ。でも義務教育ではありませんし、なんら問題はありませんでしたけれど」

小鳥遊様が小学校に上がる頃には、母親は家にほとんど戻ってこなくなったらしい。

そして小学校四年生の時に、児童相談所に通報が入って小鳥遊様は保護される。

「んで、じいちゃんが俺を引き取ってくれたんだ。すげぇ優しくしてくれた。クソババアは今、何してるか知らねぇ。俺はじいちゃんに育ててもらうまで、虐待されていたことに気づかなかったんだ。それが俺にとって普通だったからさ。だからお前を見るとイライラするんだよ！」

私は冷めた目で小鳥遊様を見てしまう。

「何度も言いますが、フキさんが私の面倒をみる義理はこれっぽっちもないのです。なのに、飢えることなく、清潔な生活をさせてもらいました。それに家事も教えてもらいましたし。たとえ虐待されていたとしても、私は構いませんわ。虐待行為よりも愛されていなかった、疎まれていたという事実の方が堪えます」

私はフキさんに嫌われていたことが辛いのだ。愛されたかったのだ。

「俺がバカみてぇじゃねえか……」

「お前は本当にバカだ、小鳥遊。レイちゃんを傷つけた理由を祖父のせい、フキさんのせい、母親のせいにしやがって。レイちゃんを傷つけたのは他の誰でもなく、お前自身だ」

葛城サマが冷たく言うと、病室内は静まり返った。

「小鳥遊様も苦しんだのでしょう？　私は苦しいというより、今は本当にどうしようもなく悲しいですわ……。でも小鳥遊様に怒りはありません」

私は小鳥遊サマになんら思うところはない。もう十分だ。

「小鳥遊様、『カムイ伝』と『はだしのゲン』をお読みになるといいですわよ。私のバイブルですの。小さな悩みなんてぶっ飛びますわ！」

私は笑顔でそう言うと、何故か結城美羽サンが私に近づいてくる。また何か言うのだろうか。しかし予想とは異なり、結城美羽サンは頭を下げた。

「九条院さん、ごめんなさい。謝ってすむことではないのは分かってるよ。全部私の僻《ひが》みだった。私のお母さんが、嫁いびりされていて、それで……。ごめんなさい。私、九条院さんも上流階級の人だから、私のことバカにしてると思い込んでて」

「私の所作や話し方が気に入らなかったのでしょう？　これは小さな頃からの躾のせいで、無意識にこういう風になりますの。竹尺で叩かれますと痛いんですもの。でも、この態度があなたを不快にさせているならば、謝罪しますわ」

結城美羽サンは首を横に振った。

「ごめんなさい。あの学園で頑張っていこうと最初は思ったの。でも思ったより外部生への風当たりが強くて。同じ生徒なのにおかしいと思ったわ。その時、桜田《さくらだ》様が親身になってくれて」

桜田優里亜《ゆりあ》サマの名前が出てくると、自業自得とはいえゲンナリしてしまう。私は葛城サマの方に顔を向ける。

「葛城様。桜田優里亜様関連のことは、全てお任せしますわ。私、これ以上彼女の相手はしたくありませんの」

葛城サマは爽《さわ》やか笑顔で頷いた。

「レイちゃん、任せておけ！」

結城美羽サンと小鳥遊サマは何がなんだか分からないようである。きっと結城美羽サンは乙女ゲームのことを知らない。自分がヒロインだと聞いたら驚くことだろう。

当たり前だが、桜田優里亜サマは見舞いには来ない。多分彼女の脳内では、ヒロイン結城美羽サンが小鳥遊サマを攻略しハッピーエンドを迎えたため、今回の私の怪我は悪役令嬢たる私に相応《ふさわ》しい結末だと思っているのだろう。理解はまったくできないが。

「さあ、小鳥遊たち帰るぞ！　ミハエルもな！」

私は慌てて小鳥遊サマに声をかける。

「今日はありがとうございました。私、嫌われていてもフキさんに会いたいのです。会いに行っても構いませんか？」

小鳥遊サマが瞠目《どうもく》するも無言で頷く。そうして葛城サマたちは病室から出て行った。

私は退院したら、その足でフキさんに会いに行くと決めた。

今頃、きっとフキさんは罪悪感に苛《さいな》まれているのだろう。気にしていないことを伝えなければ。愛されたかったけど仕方ない。愛は強要できないもの。

その日の夜は、テレビで放映されていた『と◯りの◯◯ロ』を観た。消灯時間を過ぎていたが、看護師さんは見逃してくれた。

ああ、みんな健気《けなげ》で可愛《かわい》い！

『と◯りの◯◯ロ』は花丘町《はなおかちょう》を思い出させて少し切なくなった。カンタのおばあちゃんは、大家さんと重なる。勿論《もちろん》大家さんは綺麗《きれい》な人だったから見た目は全然違うのだけれども、あの優しさが一緒なのだ。

私もあの世界に行きたいと思うのだった。

2

いよいよ明日退院である。

見舞客が毎日沢山来てくれたので賑《にぎ》やかで、とても嬉しかった。こんなに人に心配されたことはない。子どもみたいで恥ずかしいが、構ってもらえて凄く嬉しかったのだ。かまってちゃんと呼ばれる人たちの気持ちが分かった気がする。かまってちゃんに会ったことはないが、こういうことなのだろう。

私の入院を機にサラちゃんたちは木本さんたちと会話するようになった。友だちとまではいかなくても、クラスメイトとして接している。それはサラちゃんにとってすごい進歩だと思う。木本さんたちは、サラちゃんが内部生とか外部生とか区別せずに全ての人を避けていたことを知ると、サラちゃんを好意的に見るようになった。

腕のギプスが取れるのは十日後だ。それまでは寮としてあてがわれるマンションで大人しく過ごす予定である。

退院したら寮のマンションではなく、まずはフキさんの入院先に行くつもりだ。小鳥遊サマの了承も得ている。小鳥遊サマのお祖父様は更なる真実を知ってショックを受けているらしい。その真実とやらは小鳥遊サマは聞いていないとのこと。

今日も午前中に同志ヨシオが来てくれた。花丘町の秘密基地は全て撤去したそうだ。色々とまずいものがあった気がするのでよかったと思う。ちなみに同志ヨシオは今もあそこにあったものは全てモデルガンだと主張している。詳しくは聞くまい。

そして、しばらく都内のマンションを拠点にして海外を放浪するつもりらしく、既にマンションは購入しているという。さすが金持ちである。

私が同志ヨシオにアサルトライフルの歴史について質問をしていると、高岡《たかおか》様が顔を見せに来てくれた。

「ハイ、マイコー、レイちゃん。暇してないかい？」

高岡様と同志ヨシオはマイケル、いやマイコーとカナメと呼ぶ仲になった。高岡様も私を変質者から守ってくれていた一人である。高岡様がサクラダオンラインの秘書を追い払ったことから、二人は交流を持つようになったらしい。

ちなみにソウ君から借りたスマホは私の位置情報が高岡様の元に届くように設定し直されていた。まったく気がつかなかった。そして、我が家の周りには高岡様によって新たに設置された監視カメラがあったらしい。ということは、私が住んでいたオンボロ借家にはすごい数の監視カメラがあったことになる。しかもセンサーもあちらこちらに付けられていたという。

最初この話を聞いた時、ネット小説で読んだ王子様や騎士様に守られるヒロインみたいだと思ったが、冷静になると危険人物の監視に近いことに気づいた。この場合の危険人物とは私のことである。

危険人物的な監視ではあっても、陰から守ってもらっていたのは確かである。監視カメラのセンサーにライフルにモサドの田中さん。

ありがたいことだ。今は無理だが、いつかお礼をしたいと思う。私も高岡様や同志ヨシオを監視カメラで見守ってあげたい。漫画の『激!!極虎一家』に出てくる枢斬暗屯子《すうざんあんとんこ》のように、守ってあげたい。女の子だって守られるだけではなく、大切な人は守ってあげたいと思うのだ。少なくとも私はそうだ。枢斬暗屯子のように強くなりたいけれども、恐らく無理である。せめて遠隔攻撃できるようなものが作れるように、機械工学を学ぶのもいいかもしれない。

ところで、高岡様は今日も洗練されたスーツ姿である。暑くないのだろうか？　思わず聞いてしまった。

「堅苦しいし暑いよ？　でも仕方ないさ」

さらっと答えて笑う。高岡様はさぞかしモテるだろう。それにしてもネクタイってなんのためにあるのだろうか。ネクタイの存在意義を考え始めると、スーツに関しても疑問を持ってしまう。世の中、合理的でないものに溢《あふ》れている。

「新居の準備が終わったと沙羅が言ってたよ。調理器具なんかは以前使っていたものに近いものを合羽橋《かっぱばし》で揃えたらしい。沙羅と双樹だけでなく、万里小路君も一緒だったと言ってたな」

ネットで知ったお洒落《しゃれ》な鍋《なべ》やフライパンを使ってみたかったのは内緒にしなければ。実はダンスクのコベンスタイルのキャセロールやストウブのピコ・ココットが欲しかったのだ。私はミーハーである。

でもサラちゃんたちの好意はとても嬉しい。用意してくれているであろう文化鍋や土鍋、鉄のフライパンで沢山ご馳走《ちそう》を作ろう！

サラちゃんとは以前よりもずっと仲良くなった。私のサラちゃんに対するコンプレックスも、サラちゃんの私に対する独占欲も解消した。私たちは互いに自分たちの嫌な部分を見せないようにしていた。つまり格好をつけていたわけだが、今ではなんでも話す。サラちゃんは人が怖いと素直に言うし、私も独りぼっちで寂しいと言う。

サラちゃんはとても頼り甲斐《がい》があって優しくて可愛いくて、そしていい匂《にお》いのする自慢の友だちである。

新居の話の後、高岡様がお手伝いの方を呼び、病室に数個の箱を運ばせる。

「これは退院祝い。私はこれから会議があって、その後はドイツに出張なんだ。明日渡せないからね。前日だけれども、退院おめでとう！」

私は高岡様に手伝ってもらいながら、箱を開けると、ワンピースが入っていた。次の箱もワンピース、その次の箱もワンピースであった。残りの箱にはお洒落な靴とサンダルがそれぞれ一足ずつ。

どのワンピースもラップワンピースだ。手が不自由な私が着脱しやすいようにとの心遣いがみえる。流石である。

「すごく素敵です！　ありがとうございます」

「どういたしまして。明日の退院の時に着てくれると嬉しいな。マイコー、レイちゃんの写真を撮って送ってくれよ！」

「もちろんさ！」

この二人のやり取りは実にアメリカンである。もう英語で喋ればいいのにとさえ思う。

そんなことを思っていると手元のスマホが鳴った。田丸弁護士からである。悪い予感がする。得てしてこういう直感は当たるものだ。

果たして、その予感は的中した。父が死に瀕《ひん》しているらしい。田丸弁護士は今すぐ面会に来てほしいと言う。

「……今から行きます」

私はそれだけ答えると、電話を切った。


私はまだ復讐していないのに、死ぬなんて許さない！


「麗子、どうした？」

「父の状態が危ないようです。今から病院に向かいます。同志ヨシオ、連れて行ってください。お願いします」

「……分かった。まずは着替えろ」

私は高岡様からいただだいたワンピースに着替えて、病室の外で待っている同志ヨシオの元に行く。

「レイちゃん、ワンピースよく似合っているね。私も一緒に行くよ」

「高岡様のお心遣い嬉しく思います。でも私は大丈夫です。同志ヨシオもいますし。高岡様が帰国した時には、笑顔で報告できるようにしますわ！」

私が語気を強めて言うと、高岡様は黙って頷いた。

私は父と大家さんが入院している病院に向かう。同志ヨシオの車はシルバーのポルシェ911ターボモデルだ。同志ヨシオによく似合っている。

車について少しだけ詳しくなったのは、父のアメ車のせいである。あの車を調べている途中で、沢山の車を知ったのだ。花丘町立図書館の古いパソコンのブラウザでは表示されないサイトが多くて調べるのも一苦労だった。図書館にあった車の雑誌も読み漁《あさ》った。改造車に驚いたものだ。そして痛車なるものも知った。当時、知っている漫画が少なかったので、オスカル様とアンドレのツーショットの痛車にするか、お蝶《ちょう》夫人の痛車にするか、無意味に悩んでいた。やはり私も女の子なので、はだしのゲンの車より華やかな車がいいのだ。

私は同志ヨシオにドアを開けてもらって助手席に座る。

「そういえば、助手席に座るの初めてです」

私はド貧乏のくせに車で送迎してもらっていて、後部座席にしか座ったことがない。そして乗ったはいいものの、片手ではシートベルトの装着が難しく、同志ヨシオがつけてくれる。

「行くぞ。俺も瑠璃子《るりこ》の旦那とやらに一言、言いたくってな」

「ふふ、私は一言では済みそうにありませんわ」

こ・の・う・ら・み・は・ら・さ・で・お・く・べ・き・か
父が入院している病院は花丘町から少し離れたところに位置する。私が入院している一《いち》条《じょう》総合病院から車で三十分ほどの距離だ。私は同志ヨシオのヘリコプターで運ばれたが、父は普通に救急車で搬送されたらしい。

父は脳挫傷《のうざしょう》を含む外傷、大家さんは両足の骨折。二人とも私より重傷だった。

父はこのままだと、遷延性意識障害、つまり植物状態になると聞いている。意識を取り戻さずに死ぬのか。思わず声に出る。

「このまま死なせるものですか！」

「麗子、落ち着け。瑠璃子はどんな時も穏やかだった。よく歌を歌っていたよ」

そう同志ヨシオは言うと、歌を歌い始めだ。聴いたことのない歌だが詞が素敵だ。はちみつぱいというグループの『塀の上で』という曲らしい。

私がその歌を気に入ったと言うと、同志ヨシオは車のスピーカーからその曲を流してくれる。すごくいい音だ。スピーカーから流れるはちみつぱいの歌う『塀の上で』は同志ヨシオの歌よりずっと素晴らしかった。母が好きだったちょっと切ない歌だ。

他にも母が好んで聴いていた曲を聴く。サイモン&ガーファンクル、PPM、はっぴいえんど。母はフォークソングが好きだった。

最後に、ジョーン・バエズの『We Shall Overcome』が流れた。これは私も知っている。モサドの田中さんが歌っていたからだ。幼い私も一緒に歌わされた。夕日に向かって一緒に歌うと何故か田中さんは涙ぐむのだった。

ジョーン・バエズの歌が終わる頃、父が入院している病院に着いた。車を停めて一階受付に行き、面会手続きを済ます。面会手続きで、氏名と入院患者との間柄を書かねばならなかった。子という一文字に力が入る。何故、私はあの男の子どもなのだろう。そんな詮《せん》方無《かたな》いことを考えてしまう。

父がいるという病室に向かい、ドアをノックした。

「九条院麗子です」

私がそう言うと、ドアが開けられる。

そこには田丸弁護士とモサドの田中さんがいた。

この病室は私がいる特別室よりも広い。部屋が二つに分かれていて、奥の部屋に父がいるらしい。

田丸弁護士が私と同志ヨシオに会釈する。

「今は医師の処置中です。もうしばらくしたら終わりますので、こちらでお待ちください」

「はい。こちらには田丸先生だけでなく、田中さんもいたのですね。それにしても田丸先生、その格好はどうなさったのですか？」

田丸弁護士はスーツを着て、髪を黒く染め短く切っていた。そして、眼鏡《めがね》をかけていた。

「麗子さんに言われて、ロックは魂が大切だと気づきました。そして、スーツの方が大変着心地が良く、楽です。髪の毛も洗髪が楽になりました」

「田丸先生が無理せずにいられるのは何よりですわ」

スーツの方が楽とは。先ほど高岡様はスーツは堅苦しいし暑いと言っていたが。どれだけヘヴィメタリスペクトな格好はしんどかったのだろうか。

そんな話をしていると、奥のドアが開き看護師さんが処置が終わったことを告げる。私たちはそれを聞いて、父のいる部屋に入る。そこには医師と談笑している父がいた。

「……田丸先生、私を騙《だま》しましたね」

父は意識不明ではないし、ましてや今際《いまわ》の際《きわ》というわけでもない。怪我をしているが、しっかりと意識があるようだ。田丸弁護士が申し訳なさそうに目を伏せる。

医師が私たちに気づき、挨拶《あいさつ》をしてきた。父はクズだが、私の父である。

「父がお世話になっております。娘の九条院麗子でございます」

「ははは。透さんにはオレも世話になっててな。こんな別嬪《べっぴん》な娘さんがいるとは知らなかった！　君も土砂災害で怪我をしたんだろう。大変だったな。透さんもようやく起き上がれるようになったんだ。ああ、親子水入らずを邪魔するのは野暮だな。田丸、透さんに無理をさせるなよ」

「分かってる、鈴木《すずき》。さっさと出て行け。ああ、麗子さん、こいつは大学時代に知り合った男です。医学部の学生の時にギャンブルで借金漬けになったところを透様に助けてもらったんです」

この医師も父の手駒だった。ここは敵地か？　父の手の者しかいない。もし私がここで殺されても口裏合わせられて闇に葬られそう。同志ヨシオがいてくれてよかった。ありがとう、同志ヨシオ。

鈴木医師が看護師さんを連れて病室を出て行くのを確認して、私は父に話しかける。

「死ぬと聞いてこちらに参りましたのに、生きてますのね」

私が父にそう言うと、よく分からないといった顔をする。

「何故ここにお母様がいるのですか？　ピアノはどうしたんですか？」

ぞわぞわと全身に鳥肌が立った。

目の前にいるのは七十六歳の老人だ。その老人にお母様と呼ばれたのだ！

「お母様も怪我をしているのですか。ああ、だから僕のところに来ているのですね。その腕では何よりも大切なピアノが弾けませんからね」

父は皮肉っぽく言う。

私は気持ち悪くなり吐き気を覚える。

「それで僕に何か用事でもあるのですか？　僕の入院中の世話は友人がしてくれていますから、ご心配なく。ふ、本当に遠くの親戚より近くの他人とはよく言ったものです。ははは。お母様は近くにいても遠くにいても、僕の世話をすることなんてありませんがね」

これは演技なのか、それともマリ様と同じように認知症になったのか。

この状態を見て、田丸弁護士が先ほどの医師を呼んだ。病室に医師が慌てて入ってくる。

「先ほどまでは意識ははっきりしていたぞ。何があったんだ」

鈴木医師が父の元に立つ。

「おや、鈴木君。いや、ここでは鈴木先生と呼ぶべきかな」

父が鈴木医師に向かって普通ににこやかに話しかける。

「ああ、そうだ。僕の母が来ているんだ。白鷺マリというピアニストでね。今は腕を怪我して暇なんだろうね。いつもは僕の存在なんて忘れているくせに。まったく自分勝手な人だよ」

「……透さん、彼女はあなたの娘ですよ？　あなたのご母堂は亡くなられました」

父が目を見開いて、私を見る。しばらくの沈黙の後に一言放つ。

「お前は誰だ？」

私は耐えきれずに、同志ヨシオに頼んでこの病室から連れ出してもらった。

罵倒《ばとう》しに来たのに、あんな目で見られたら気持ち悪くて何も言えない。

余程私の顔色が悪かったのだろう。同志ヨシオは私の手をぎゅっと握った。

「今日は帰ろう。九条院氏は話ができる状態じゃない」

私は黙って頷くしかなかった。

第十章　時が止まった世界の中でザワつく私

父との面会の後、すぐにでも帰るつもりだったが、鈴木《すずき》医師に父のことで話があると言われ、とどまることになった。

鈴木医師だけでなく、田丸《たまる》弁護士とモサドの田中《たなか》さんも同席している。鈴木医師は後で専門医に父を診せると断った上で彼の見立てを私に伝えた。

「透《とおる》さんは俺《おれ》たちのことは認識しているし、土砂災害でのことも覚えている。ただ、娘のあなたのことだけは記憶から抜け落ちているんだ。恐らくその欠落した記憶を埋め合わせるために、あなたをご母堂に見立てて透さんなりに整合性を取ろうとしたようだ」

「私にした仕打ちも忘れているということですか？」

「……田丸から大体のことは聞いている。透さんはご母堂に復讐したかったんだ。俺も詳

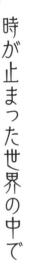

しいことは知らないが。それに利用されたんだ、あなたは」

私は納得がいかない。納得ができるはずがない。

「鈴木先生。大家さん、いえ緑谷節《みどりやせつ》さんは？　こちらに入院加療中だと伺っていますが」

「ああ、彼女か。会っていくかい？　彼女は君のことばかり気にしててね。君の名前を言っては泣くんだ」

大家さん、私のことで気に病むことなんてないのに。本当に優しい人。今日はこのまま帰るつもりだったけれども、せめて大家さんに私が元気なところを見せよう。そう同志ヨシオに伝えると、無理はするなと言いつつも私の意思を尊重してくれた。

病室に案内されるまでに大家さんのことを聞く。父にはまだ会っていないらしい。同じ病院に入院しているのにと思ったが、移動ができない状態なのだろう。鈴木医師は話を続ける。

「意識が戻った透さんは自分の隣に緑谷さんのベッドを置いてほしいと言っているが、緑谷さんがそれを拒否しているんだ。まあ、透さんの意識がはっきりしてまだ三日しか経《た》っていないのもあるし、もう少し状態が落ち着いてからと透さんには言っている」

父の大家さんへの愛は深い。

「ところで田丸先生。どうして嘘《うそ》までついて私を呼んだのですか？」

私がそう聞くと、田丸弁護士はバツの悪そうな顔をする。

「透様が末期ガンであると今朝聞いたんです。麗子《れいこ》さんはいつか来るでしょうが、その前に透様が亡くなってしまっては話になりません。……いえ、正直に申しますと、気が動転していたのです。透様が死んでしまうと。私の神だった透様が」

神ってなんだ。あの男は疫病神だ。

「ならば、最初からそう言ってくだされればいいのに。今日、明日亡くなるというわけではないのでしょう？」

私たちのやり取りを聞いていた鈴木医師が父の状態を説明する。

「透さんは膵臓《すい》がんだ。全身打撲の疑いで全身のＣＴおよびＭＲＩを撮ったところ見つかったんだ。確定診断のために更に後から画像検査をしたよ。本人は意識がない状態だったけどね。膵がんの治療に関しては転院することになるね」

「父本人は知っているのですか？」

「ああ。だいぶ前から知っていたようだ。ただし本人は治療に前向きではない」

父が治療しようがしまいが私には関係ない。ただ、私を認識していないのが悔しい。これでは何を言っても意味がない。

「透さんが君のことを思い出せるように尽力するよ。恐らく一時的なものだ。君は透さんのご母堂によく似ているのだろうね」

ああ、嫌だ。どうして私はマリ様に似ているのだろう。遠い将来はあの老婆になるのだと思うと、暗澹《あんたん》たる気持ちになる。

話の途中だったが、大家さんの病室の前に着く。ノックをすると、懐かしい大家さんの声が返ってきた。

私が病室に入ると、大家さんは目を見開く。

「大家さん、こんにちは」

大家さんはしばらくの間、身じろぎもせず私を見つめた。その後、体を震わせ泣き出し、顔を手で覆い俯《うつむ》く。私は大家さんの元に近づき、話しかけた。

「大家さん、私は元気です。怪我《けが》はしましたけれど、ピアノも元のように弾けるんですって」

私は大家さんの手を片手で握りしめた。本当は両手で包み込みたかったが、左腕は骨折している。

大家さんは顔を上げた。

「ごめんね、こがんこつになるとは思わんかったと。辛《つら》かとやろ？　ごめんね、ごめんね」

「いいえ。今回のことで色んなことが分かりました。傲岸不遜《ごうがんふそん》にも一人で生きていたつもりでいましたが、沢山の人に支えられていたことも知りました。大家さんもその一人です。感謝しかありませんわ」

「麗子ちゃん、麗子ちゃん……！」

私は大家さんが泣き止むまで、黙って手を握りしめた。

ようやく落ち着いた大家さんは、ティッシュで涙を拭く。

「大家さん、私は平気ですわ。ほら、元気でしょう？　また山菜を採りに行きますわ。タケノコも掘りますわ。そうだ、一緒にこんにゃくも作りましょう！　干し柿も！　ああ、梅酒は全部ダメになったから、また来年仕込みましょう。沢山することがありますわ！早く退院して、また……」

大家さんが泣き止んだのに、次は私が泣き始めてしまった。これでは入院中に観たドラマ『スクール☆ウォーズ』の泣き虫先生だ。私には大家さんとの優しい思い出がある。

「そがんこと言われたら、元気にならんとね」

大家さんは私の頭を撫《な》でた。優しく。そう、昔から大家さんは優しかった。

「麗子ちゃん、おばあちゃんの昔話ば聞いてくれる？　透さんは寂しがり屋ですごく優しか人やったとよ。麗子ちゃんには、酷《ひど》かこととして許せんと思うばってん、透さんのことを知ってほしか」

大家さんは本当に父のことが好きだったのだろう。私は父のどんな話を聞いても許すつもりはないが。

ここには同志ヨシオもモサドの田中《たなか》さんも、田丸弁護士も鈴木医師もいる。彼らを同席させてもいいのかと尋ねると、別に構わないと言う。

大家さんは静かに語り始めた。

1

大家さんは昭和十八年に長崎《ながさき》市内で生まれた。父親は大工で母親と兄二人がいるごくごく普通の家庭だった。

昭和二十年八月九日に、長崎にプルトニウム型原子爆弾ファットマンが投下される。当時、大家さんは爆心地から約二キロメートル強離れた家にいた。

家族を失い、一人生き残った大家さんは親戚に引き取られて、中学校卒業後に集団就職で上京した。大家さんは東京《とうきょう》のレストランのウェイトレスとして働きつつ青春を謳歌する。

そのレストランの客の一人が父だった。

「透さんは美しゅうて、素敵やった。一目惚《ぼ》れやった。もちろん、片思いやったとよ。ばってん、透さんも私のことば気にしてくるごとなってね。そいでお付き合いするごとになったとよ」

父は大家さんと同じく孤独だったという。

父には両親と一緒に暮らした記憶はほとんどない。祖父の九条院重一郎《くじょういんじゅういちろう》は日本のために尽力し、祖母の九条院マリはピアノ演奏活動のために不在。父は乳母や使用人に世話をしてもらい、十三歳になると英国のパブリックスクールであるイートン校に放り込まれる。その後オックスフォード大学に入学して間もなく、九条院重一郎が亡くなり、父は帰国を余儀なくされた。

それまで九条院家に無頓着《むとんちゃく》だったマリ様は、祖父重一郎が亡くなって急に九条院家に執着するようになる。まるで失ったピアノへの情熱を九条院家にぶつけるように。そんなマリ様の隣にはいつもフキさんがいた。

「透さんは苦しんどったとよ。お父様と比較され、お母様と比較され。それでも頑張っとった。私のような学のない娘にも優しゅうて、威張ることもなくて。風邪ばひいた時には看病もしてくれたとよ。私には勿体《もったい》ない人やった」

その後、大家さんは父の子どもを身籠《みご》もる。父は非常に喜んだという。

「幸せやった。透さんが泣きながらありがとうって言ってくれたと。すぐに結婚しようと言ってくれたとよ。そいから透さんのお母様に挨拶《あいさつ》に行った。透さんのご実家はすごう立派なお屋敷で怖《お》じ気付いたばってん、透さんが手ばぎゅっと握って、大丈夫て励ましてくれたとよ」

本郷猛《ほんごうたける》様は九条院邸は質素だと言っていたけれども、一般庶民からしたら十分すぎるほど立派だったのだろう。

父と大家さんはマリ様に挨拶に行く。父も大家さんも結婚を許してもらえるとは思っていなかったらしい。父は許してもらえなければ、「家を捨てるまでさ」と微笑《ほほえ》んだという。父は家を捨てたかったのではないだろうか。大家さんにかこつけて。そう思うのは穿《うが》ちすぎかもしれないが。

意外なことに、マリ様はあっさりと結婚を許したらしい。大家さんを聡《さと》い娘だと評し、腹の中の孫は父よりも期待できるだろうと言ったそうだ。それから父と大家さんは九条院邸で同居することになる。マリ様は父にも大家さんにも特に干渉しない。ただ、父のことを出来損ないと言うことはあったようだ。

父はすぐにでも結婚をしたがっていたが格式のある家柄のため、準備が必要だった。その準備の最中《さなか》に、父は仕事でアメリカに行くことになる。数ヶ月はかかる取引だった。父は帰国したらすぐに結婚式を挙げる予定で日本を発つ。

その後、大家さんは悪阻《おそ》が酷く寝込むようになった。マリ様は医師を手配し、たまに顔を見に来る。言葉の通り、話しかけることもなく見るだけだったようだが。しかし、フキさんはマリ様と違い、寝込む大家さんに嫌味を言う。父が不在になってから二週間もせずに、フキさんは分厚い封筒を差し出して大家さんに父と別れるように迫った。

「私は結婚せんでもよかったとよ。お金もいらん。ばってん子どもだけは産みたいと言ったと。透さんとの子どもは守りたかったとよ。私の唯一の宝だもん」

上等な着物を着た美しいフキさんはため息をつき、呆《あき》れたように言う。被爆者に九条院家の子どもを産ませるわけにいかないでしょうと。何をバカなことを言うのかと。原爆のせいで悪阻が酷いのだ、普通ならこんな風にはならない。原爆症が子どもに移ったらどうするのだと。

大家さんは怯《おび》えた。子どもに影響があったらと。そんな子どもを産んだら父に迷惑がかかると。

「私には原爆の記憶はなかと。なのに、そがんこつ言われて。まだ被爆者への差別はあったけん、自分から被爆者と言ったことはなかったと。だけん後ろめたさがあった。もちろん透さんには言っとったとよ。透さんはそがんこつ気にするな言うてくれた」

「……フキさん、酷い！　なんて酷いことを言うの⁉　信じられないわ！　大体、原爆被爆者二世の健康影響調査ではそうでない群と比較した場合に有意な差はないと環境省が発表していますのに！」

私は『はだしのゲン』を読んだ後、原爆が開発された過程や、被爆状況、そして被爆者の方々のことを調べていたから被爆二世のことも多少なりとも情報を得ていた。だからこの発言ができるのだ。しかし当時は被爆二世の追跡調査をするには時間的に不十分であったし、何よりも科学的根拠なんて関係なく、差別はあったのだ。

大家さんはフキさんに言われたことを理不尽だと思うことはなかった。偏見の強い時代だった。とにかく父に迷惑をかけることだけは避けたいと大家さんは考える。

「透さんはそもそも住む世界が違う人やった。優しい人やった。私ば愛してくれる人やった。だけん、身を引くことにしたとよ」

大家さんはその後、病院に連れて行かれ堕胎する。その時の処置のせいか二度と子を持つことはできなくなった。大家さんは九条院邸からひっそりと姿を消し、フキさんとマリ様の秘書の杉山《すぎやま》さんが手配した田舎町で療養する。

一年後、花丘町《はなおかちょう》に住むそれなりに豊かな家の男に嫁ぐ。小さな一人息子がいる男やもめだ。この結婚はフキさんと秘書の杉山さんがお膳立《ぜんだ》てをしたのだった。

「透さんのことはずっと愛しとった。主人には申し訳なかばってん、密《ひそ》かに思い続けた。美しゅうて悲しか思い出だけん。そいでん子どもが産めなくなった私に義理の息子ができたこと、家族ができたことは嬉しかった。現金なもんよね」

大家さんは父のことを思って身を引いた。父の足枷《あしかせ》にならないように、男やもめに嫁いだ。もし父に見つかっても、幸せに暮らしていると見せれば父は諦《あきら》めてくれるだろう。そう大家さんは考えたのだ。いや、フキさんがそう思い込ませたのかもしれない。

私は何も知らなかった。

2

大家さんから聞いた話は衝撃的だった。フキさんがそんな酷いことをしていたなんて、信じられなかった。しかし、恐らく真実なのだろう。

この後の父の話は、大家さんだけではなく、モサドの田中さんや、田丸弁護士、鈴木医師も語ってくれた。

大家さんと結婚を誓って三ヶ月経った後、婚約指輪と結婚指輪をニューヨーク五番街のハリー・ウィンストンで買った父が帰国すると、大家さんはいなくなっていた。置き手紙だけ残して。その手紙には、自分の不注意で子どもが流れたこと、そして九条院家にこれ以上世話になることはできないから出て行くが、決して捜さないでほしいと書かれていた。

父は血眼《ちまなこ》になって大家さんを捜すが、なんの手掛かりも見つからない。

一方のマリ様は大家さんのことも九条院家のこともどうでもよくなっていた。何故ならば、アメリカで手の手術をすることになったのだ。もう一度ピアニストとして生きていけるならば、マリ様にとってその他のことは全て瑣末《さまつ》なこととなる。その手術のためにマリ様とフキさんは渡米した。

その間も父は大家さんを捜した。しかし仕事もしなければならない。当時の父は真面目《まじめ》な男だった。仕事の合間をぬって捜索していたのだ。色んな人の伝手《つて》を使い、金を使ったが、一向に大家さんは見つからなかった。

フキさんとマリ様の秘書杉山さんが先手を打っていたのだ。長い間、英国で過ごしていた若造である父の日本での伝手などたかが知れている。どんなに情報を集めようとしても、正しい情報を得ることはできなかった。ガセネタばかり摑《つか》まされる。

父が大家さんを見つけたのは実に三年後のことである。既に大家さんは新しい家庭を持って、幸せに暮らしていた。

家の庭には鯉《こい》のぼりが泳いでいる。爽《さわ》やかな風が吹いていた。

父はようやく大家さんのことを諦め、さらに仕事に没頭するようになる。

マリ様の手術は成功したが、昔のように長時間弾くことはできなかった。それでもマリ様は再びピアノを弾き始める。しかし決して演奏姿は誰《だれ》にも見せず、音色も聴かせようとはしなかった。マリ様はマリ様の世界にだけに生きるようになったのだ。そのマリ様と寄り添うようにフキさんはいた。フキさんは二人だけの世界を作ろうとした。

「私は山田《やまだ》フキのことばよく知らん。あん人は透さんのお母様のことしか見とらんやった」

フキさんのことは謎《なぞ》が多い。私もマリ様が亡くなるまで、フキさんに息子がいたことすら知らなかったのだ。赤ん坊の時から一緒にいたのに。

父が立ち直りつつある時、マリ様の秘書杉山さんが病死し、彼の手帳をたまたま父が読んでしまう。備忘録として書かれたものだが、大家さんのことも断片的に記されてあった。

父は大家さんが堕胎させられた上に追い出されたという事実を知ってしまう。しかし父はここで思い違いをする。マリ様が大家さんを追い出したのだと勘違いしたのだ。実際はフキさんの独断でなされたことにもかかわらず。

事実を知った父は自分を責め、マリ様を恨み、そして九条院家を去った。

父は自暴自棄になりながらも自由に生きるようになる。それは酷く身勝手な自由だった。

当時のアメリカはベトナム戦争の反戦運動が活発になりヒッピーが増えている時代でスピリチュアルなものが持て囃《はや》されていた。そこで父は単なる線香を精神を研ぎ澄ますお香としてヒッピーに一本十ドルで売りさばいたり、褌《ふんどし》を広めたりした。ヒッピーのコミューンで男女ともに褌一丁で輪を作っている当時の写真を田丸弁護士に見せて、父は大笑いしていたらしい。父は彼らを煽《あお》って、自らは服を着たまま写真を撮った。

人を見下し馬鹿にし、そして騙して金儲《もう》けをする。詐欺《さぎ》にはシロサギ、アカサギ、アオサギがあるが、父はシロサギであるＭ資金詐欺もした。マリ様の旧姓で詐欺をしたのは偶然だろうが。世の中馬鹿ばかりだと、そうやって生きていった。学生運動をやる若者も笑いものにしていた。田丸弁護士は新人類と呼ばれた世代ということもあるのだろう、この話を父から聞いても特に何も思わなかったようだが、今まさに聞いたばかりの田中さんはショックを隠せないでいる。

年をとるにつれ、その傾向は酷くなったらしいが、詳しいことは大家さんは知らない。

田丸弁護士が言うには私が生まれてから更に顕著になったという。

モサドの田中さんは、そんな姿の父を知らなかった。今日初めて知ったのだ。田中さんにとって父は己の思想を認めてくれる尊い人なのだ。決して自分の思想を馬鹿にしない。いつか理想とする国家を作ろうと肩を組んでくれ、一緒に『We Shall Overcome』を歌ってくれる人なのだ。ちなみに父は非常に歌が上手《うま》いらしい。

そんな世を拗《す》ねていた父だが、どんな時でも大家さんのことは忘れはしなかった。幸せになった大家さんの邪魔はしたくない。そんな優しさを持った人だった。

父は帰国すると、必ず大家さんの姿を見に行く。見つからぬように。大家さんはなさぬ仲の息子と本当の親子のように仲がいいし、大家さんのご主人も優しい。父が出る幕はなかった。

父はその怒りの全てをマリ様に向ける。プライドの高いマリ様にとって死ぬより辛いことは何かと考えた結果、九条院家を没落させることにした。これは非常に簡単だった。マリ様に書類を送ると、マリ様は何も考えずにサインをする。周りがお膳立てをしてくれるのが当たり前のマリ様が書類を検《あらた》めることなんてしない。父がマリ様につけた秘書にサインをしろと言われたら簡単にするのだ。

父はマリ様に無茶苦茶な投資をさせ、すっからかんにして別荘に閉じ込めた。使用人を雇う金もない。年金のみだ。しかしフキさんはこの二人きりの生活に歓喜していたらしい。

この時動いたのが田丸弁護士である。

父はマリ様を偵察させている手の者からの報告書を苦虫を嚙《か》み潰《つぶ》したような顔で読んでいたという。マリ様をもっと追い詰めたいと思っていたようだ。

そんな時、ニューヨークにいた父は私の母である鬼龍瑠璃子《きりゅうるりこ》の兄から、瑠璃子を助けてほしいと連絡を受ける。除籍したとはいえ、正当な鬼龍家の血を受け継ぐ者がオークションにかけられるのだ。私の母は、日本にいる幼馴染《おさななじ》みの男に別れの電話をしたらしく、それで母の兄はオークションの事実を知ったのだ。ならば、せめて日本人に落札してほしいと父に頼んだのである。鬼龍家は財政難で、除籍した母を助ける余裕はなかった。そこで、バブル経済に沸く時分に投資関連で知り合った年上の友人である父を頼ったわけである。

「母は家族に愛されていましたのね。それを捨ててまで自由に生きるのはちょっと考えものですわ……」

私は顔を上げて同志ヨシオを見る。

「俺があの時、任務に行かずに側にいれば……！」

ああ、あまりにもドンピシャ、予想通りの反応をする。

「そうしますと私はこの世に存在しなくなるのですが。そんなこと言われると悲しくなりますわ」

私はあえて意地悪な言い方をした。すると同志ヨシオは首を横に振り、ため息をつく。

「そうだな。麗子。君の言う通りだ」

そして私が生まれるまでの話はなんとも間抜けなものだった。母の年齢からして、妊娠はしないだろうと油断をしていたらしい。母は八ヶ月になるまで妊娠したことに気づかなかった。

「えぇ……!? いい大人がそれはないです。なんか残念な感じしかしませんわ。ええ、非常に残念です」

何はともあれ私は生まれ、母は分娩《ぶんべん》時に脳出血を起こし亡くなった。

「ああ瑠璃子っ！」

同志ヨシオが目頭を押さえる。母はいい。家族に愛され、同志ヨシオに愛され、自由に生きて。少しだけ母に嫉妬《しっと》を覚える。

母なし子となった私は父によって、別荘に住むマリ様の元に預けられた。その時も田丸弁護士が同行している。

マリ様は私を受け取ることを拒否したが、父は赤ん坊だった私を入れたカゴごと置いていったそうだ。その時フキさんが乱暴にカゴを持ち上げ、私を父に返そうとしたらしい。しかし、父はこう言う。私を受け取らないならば、父がマリ様を引き取ってフキさんに手出しできないようにすると。マリ様とフキさんは赤の他人である。この世でマリ様を扶養する義務があるのは父だけだ。仕方なくフキさんは私を受け取ったらしい。

そう申し訳なく田丸弁護士が教えてくれた。

私は無性に悲しくなった。私は本当に要らない子どもだった。

しかしマリ様は赤ん坊の私を見るうちに、私を九条院家の後継者として育てようと思うようになったらしい。

私は一歳になる前から簡単なパズルを解くことができた。そして音を覚えることができた。普通とは違っていた。それに気づいたのはフキさんである。気持ち悪いから捨てようとマリ様に言ったらしい。

しかし、マリ様は自身の夫だった九条院重一郎の幼少期の逸話として語られた話を思い出す。祖父と私は行動が似ていたのだ。

マリ様は私を祖父のように育てようと躍起になった。そしてピアノの才能にも気づき、自ら手ほどきをするようになる。マリ様は教育婆になったのだ。

それを面白く思わない父。父は出来損ないと言われて育っており、コンプレックスが蘇《よみがえ》る。

そこで、またマリ様に書類にサインをさせた。今度は連帯保証人の書類だった。またもやピアノにしか興味のないマリ様は何も考えずにサインする。学習しないマリ様である。

結果、マリ様は自己破産をすることとなった。全てを手放すことになるのだが、フキさんがマリ様を助けようとする。しかし、私を預けた時と同じ文句で、そんなことをするなら父がマリ様を引き取ると言うのだ。

ここからは田丸弁護士の憶測が入った話になる。

大家さんの家の離れを住居としてあてがい、マリ様に惨めな暮らしをさせる。あのエベレストより高いプライドを持つマリ様に耐えられないような暮らしを強《し》いたのは復讐の一つだったようだ。その様子をモサドの田中さんは定期報告していた。父は田中さんに、思想差別をするブルジョワジーのマリ様の監視を依頼していたのだ。実際のところ、マリ様は思想差別なんてするほど人に興味はないし、落ちぶれて貧乏だからブルジョワジーでもない。モサドの田中さんは利用されていたのだ。

父はマリ様とフキさんに大家さんより貧しく惨めな生活をさせたはずだった。しかしフキさんは強《したた》かだった。決して生活は貧しくなかった。食料品は電話で高級品を取り寄せ、たまに東京まで出かけて反物《たんもの》を選んでくる。

賃貸契約は当時存命だった大家さんのご主人が結んだ。大家さんは、マリ様とフキさん、そして私の三人が大家さん宅の離れに引っ越すことになったと事後報告される。そして同時に田丸弁護士から父の伝言を受け取った。マリ様とフキさんに復讐してほしいと。何をしても構わない、処理はこちらで行うと。

「田丸先生から、お母様と山田フキば好きなようにしてよかって言われたばってん、私は関わりとうなかった。もう過去のことだもん。麗子ちゃんにも関わるつもりはなかったとよ。ばってん、小さな子が一人で寂しそうにポツンと外におるやろう。あまりにも可哀想《かわいそう》でね。声ばかけると、愛らしか顔できちんと挨拶するよか子やった、麗子ちゃんは。本当によか子やった」

大家さんは、私が父の子どもだからという理由で優しくしたわけではないのだ。それがとても嬉しかった。あんなによくしてくれる同志ヨシオだって、モサドの田中さんだって、母や父のことがあるから親しくしてくれたのだ。両親のことがなければ、私に目をくれることもなかっただろう。

大家さんのご主人が亡くなり、息子さん夫婦も花丘町から離れて大家さんは一人暮らしとなる。私は大家さんのところに遊びに行くことが増えた。一緒に漬物を漬けたり、野菜を育てたり。そんなことを教えてくれた人だ。

そして昨年、父は大家さんに会いにきた。その後のことは私も知るところだ。

それにしても、私は思った以上にお荷物扱いされていた。それも生まれた時からとは。

すごく悲しい。

こういう時はどうしたらいいのだろう。

悲しすぎて涙も出ない。心の中が空っぽだ。

3

「麗子ちゃん、ごめんね。ごめんね。透さんがあがん風になったとに、止められんで。ごめんね」

私は首を横に振る。

「いいえ、大家さんは私に十分優しくしてくれました。感謝しています」

私は大家さんや田丸弁護士らから、フキさんの恐ろしい面を知らされた。私は激しい怒りを覚える一方で、とてつもなく悲しかった。とにかく悲しかった。

田丸弁護士はヘヴィメタリスペクトの装いを改めたら、少し冷静になったという。そして父の言うことがどこまで真実なのかを調べたらしい。その結果、マリ様は大家さんへの仕打ちに関与してないことが分かった。その素晴らしい調査能力を私が赤ん坊の時に発揮してほしかったものである。田丸弁護士はご両親の借金に関しても調査しており、父に仕組まれたものではなかったことが判明したとのことだ。父は手駒になりそうな若者を探しており、そのうちの一人が田丸弁護士だった。恩を売るのに最適なタイミングで田丸弁護士を見つけたようだ。

後ろに座っているモサドの田中さんは魂が抜けたような状態になっている。彼は父にいいように利用されただけでなく、己が人生をかけた思想自体を馬鹿にされていたのだ。

私は大家さんに別れの挨拶をして病院を後にする。

同志ヨシオと一条《いちじょう》総合病院に戻った時には既に外は暗くなっていた。

「今日はありがとうございました。明日の退院の時、フキさんに会いに行くと言いましたが、日を改めます。直接寮のマンションに行きます」

今の状態でフキさんには会えない。同志ヨシオは私を心配してくれたが、早く一人になりたかった。

私は病室で一人になると、涙が溢《あふ》れて止まらなくなった。今は『カムイ伝』や『はだしのゲン』を読んでもこの悲しい気持ちはどうにもならないと思う。

悲しいものは悲しいのだ。フキさんは異常だった。そして私はフキさんに嫌われていた。気持ち悪いと思われていたのだ。

布団を頭から被《かぶ》って泣き続けた。

泣き疲れて寝てしまい、気づくと翌朝になっていた。もう退院の日だ。

退院するだけなのに、同志ヨシオをはじめ、サラちゃんやソウ君、本郷猛様と洋子《ようこ》様まで いる。万里小路《までのこうじ》様も葛城《かつらぎ》サマと、城山《しろやま》サマも来てくださった。

皆さん、私の顔を見てギョッとする。私も鏡を見て知ったが、随分と瞼《まぶた》が腫《は》れていた。泣きすぎたせいだ。

子どもの頃は嫌なことがあっても、一晩寝たら忘れられていたのに。

お通夜のような雰囲気の中、退院した。わざわざ来てくれたサラちゃんたちに申し訳なく思うが、無理だった。明るく振る舞えない。

新居には同志ヨシオに連れて行ってもらう。本当だったらサラちゃんにもついて来てもらうつもりだったけれども、今は一人になりたかった。

病院から寮のマンションまでは近く、車ですぐだ。同志ヨシオとともに、マンションのエントランスに入る。コンシェルジュの女性に簡単に郵便受けや宅配ボックスの場所を教えてもらって部屋に向かった。


部屋は十二畳のワンルーム。家具は備え付けだが、カーテンやベッドカバーなどのファブリックはサラちゃんが用意してくれた。サンダーソンの花柄で統一されている。甘すぎず可愛《かわい》い。

私はソファに座って、同志ヨシオに一人にしてほしいと頼む。同志ヨシオは一人にさせたくなかったようだが、しぶしぶ同意し部屋から出て行った。


私はソファに座って、また泣いた。

悲しいのだ。今までは『カムイ伝』のカムイや『はだしのゲン』のムスビに比べて幸せだと思っていたけれど、そうではなかった。

私が辛《つら》いと思えば辛いし、悲しいと思えば悲しいのだ。比較することではないことを初めて知った。

泣いているとインターフォンが鳴り、サラちゃんがカメラに写っている。サラちゃんを部屋に迎え入れると、そこにはサラちゃんだけでなく、ソウ君も、万里小路様も葛城サマも城山サマもいた。先ほど見送ってくれた方々だ。

とにかく上がってもらうことにした。手が不自由なので、もてなすことはできないと謝ると、サラちゃんが私を叱《しか》る。

「アタクシが怪我《けが》人にそんなことさせると思いますの？　ちゃんと用意していますわ」

そう言うと、ペットボトルのジュースを出した。五百ミリリットルのペットボトルが十本もある。私がコーラを選ぶと、サラちゃんはコップに注いでくれた。私はジュースを買うことがなく、炭酸飲料を飲む機会はほとんどないが、コーラは美味《おい》しくて好きだ。シュワシュワして甘くて刺激もある。完璧な飲み物だと思う。

「お友だちの家に遊びに行く時は、こういうものがいいんでしょ？　木本《きもと》さんに聞きましたの。洗い物も出ないし。後でピザを取りますのよ。うふふ、退院祝いですわ！　……強引ですけれども、こうでもしないとレイちゃんは甘え下手だから」

サラちゃんが私を抱きしめた。いい匂《にお》いが私を包み込む。サラちゃんは優しい。その優しさに甘えてしまおうと、弱っていた私はサラちゃんに助けを乞う。

「サラちゃん、聞いてくれますか？　昨日あったこと」

私は徐《おもむ》ろに話し始めた。途中途中で、皆さんがそれぞれ憤るので少し怖かったけれども最後まで話した。

話し終えた時に、最初に私に声をかけたのは葛城サマだった。

「よし、レイちゃん！　心配するな。案ずるな！　レイちゃんのことは俺《おれ》が大切に思ってるぞ。過去は変えられない。でも今のレイちゃんにも未来のレイちゃんにも俺が付いているぞ！」

「ちょっと、何を言ってますの!?　頭大丈夫ですの？　どう考えても、葛城様はレイちゃんに嫌われてますわよ！」

「そうそう。葛城さん、レイちゃんのナポレオンパイ食べたでしょ。あれ許されてないから」

「ボクと九条院麗子は魂でつながっている」

城山サマの一言にみんながギョッとする。補足せねば。

「私と城山様とは『音楽』という共通のもので繋《つな》がっていますの」

万里小路様が優しい眼差《まなざ》しで、私を見つめる。

「薫《かおる》の言う通りだよ。レイちゃんは一人ではないし、私たちはレイちゃんを嫌うことも疎むこともない」

私は泣いてしまった。温かい人の心に触れて、我慢ができなくなったのだ。またサラちゃんが抱きしめてくれる。ああ、柔らかくて、いい匂いがする。

そうこうしているうちに、ピザが届く。

テーブルに載りきらないピザは、信じられないことに箱のまま床に直置きである！

「ええ？　これはありなのですか？」

「ありだ！」

葛城サマが笑顔で答える。アラブの王族だって床に座って食べることがあるのだから、ありなのかもしれない。

みんなでわいわい、いや、主に葛城サマと城山サマが騒いでいると、万里小路様が大量のＤＶＤを出してきた。

「さあ、レイちゃん。何が観たい？」

ラインナップが全て昭和だった。昭和しかなかった。その中から薬師丸《やくしまる》ひろ子さん主演の『セーラー服と機関銃』を選ぶ。セーラー服と機関銃というあり得ない組み合わせに衝撃を受けずにはいられない。この作品は万里小路様以外、誰《だれ》も観たことがなかった。

映画が始まると私はピザを食べるのも忘れて夢中になり、終わった後には私の顔は火照《ほて》っていた。

第十章
時が止まった世界の中で ザワつく私

「レイちゃん、顔が真っ赤ですわ。どうしましたの？」

格好良すぎる。あの強引さ。あの色気。

「素敵すぎて胸がドキドキしますの。体中が熱いですわ」

「ははは、俺のことか？　レイちゃん！」

「葛城様ご冗談を。……佐久間真《さくままこと》様ですわ。ヤクザの目高《めだか》組若頭の佐久間様ですわ！」

みんなが静まり返る時、城山サマが明るい声で言う。

「うん、格好いいよね！　話は分かんなかったけど」

「そうですの、格好いいですわ。主人公は天涯孤独で亡くなった父親の愛人が家に転がり込むわ、ヤクザの跡目になるわで、大変でしょう？　でもあの佐久間様の存在感でそんなもの吹き飛びますわ！　ああ、素敵ですわ」

私はすっかりのぼせ上がってしまった。万里小路様がなんとも言えない表情で私に言う。

「レイちゃん。佐久間真役の渡瀬恒彦《わたせつねひこ》さんはお亡くなりになっているよ。それにこの映画は一九八一年のものだ。ね、実在しないんだよ」

「そんなことは分かってますわ！　でも素敵なのは変わりありませんわ！」

サラちゃんがにっこりと笑う。

「うふふ。レイちゃん、アタクシはとてもいい傾向だと思いましてよ。少しは気が紛れるでしょう？　応援しましてよ」

「沙羅《さら》、バカなの？　応援って。バカでしょ」

「ソウ君、サラちゃんにそんなこと言わないでください。大丈夫ですわ。私、入院中につのだじろう先生の『うしろの百太郎』を読みましたの。だから、お亡くなりになった方とも会えます。口からエクトプラズムを出して見せますわ！」

もちろん冗談で言ったのに、城山サマ以外の目が冷たい。

「冗談ですのよ？　心配なさらないでくださいませ。でも皆さんが芸能人に熱をあげる気持ちが分かりましたわ！　うふふ、ギプスが取れるまで時間はたっぷりありますから、沢山映画を観て過ごしますわ」

私がそう言うと、ソウ君が何やらテレビに付けている。そして新たに追加されたリモコンの操作を教えてくれた。

「これね、こう操作すると、色んな映画やドラマが観られるから。ほら、アニメも沢山あるよ」

ソウ君のお陰《かげ》で、映画もアニメも見放題になった。

皆さんが帰った後、一人になった私は映画を観始めた。怒りも悲しみも一旦放っておく。

そして翌日には『仁義なき戦い』のファンになっていた。

麗子解説 語録

セーラー服と機関銃

皆さんご存じ、角川三人娘の薬師丸ひろ子主演の映画です。
え？ 角川三人娘をご存じないのですか？
万里小路様が常識と言っていたのですが……。女子高生の泉ちゃんが
弱小やくざの組長になって機関銃をぶっ放す話ですの！

仁義なき戦い

戦後の広島を舞台にしたやくざ映画でして、とっても痺れますの。
『セーラー服と機関銃』で若頭役だった渡瀬恒彦さんも出演していて
ドキドキしました。この映画をきっかけにドス、
ええ匕首《あいくち》のことですけれども、興味を持つようになりましたの。

魔太郎がくる!!

藤子不二雄Ⓐ先生の名作の一つでして、
虐められっ子の浦見魔太郎がうらみ念法で相手を復讐する漫画ですの。
「こ・の・う・ら・み・は・ら・さ・で・お・く・べ・き・か」が大変印象的。
バラ柄のシャツとマントが私も欲しいですわ！

第十一章　千の仮面と一の嘘

今日も私は映画を観る。現実逃避だ。『仁義なき戦い』は熱かった。

「しびれるの～」

ふふ、広島弁《ひろしまべん》は素敵だし、それにドスが欲しくなった。

『仁義なき戦い』のあとは、○空の城○ピュ○である。と○りの○○ロと同じ監督ということですごく期待したが、期待以上だった。これも名作だ！

私は小さく映画で使われた滅びの言葉を呟《つぶや》いた。この心のモヤモヤも全部壊せたらいいのに。フキさんのことを考えると怒りも感じるし悲しくもなる。それでも私はフキさんを憎めないでいるのだ。小鳥遊様が苛々《いらいら》するのも理解できる。嫌われていたのに、憎まれていたのに、それでも縋《すが》ってしまう姿はさぞかしみっともないだろう。情けなく見えるだろう。でも感情はままならない。

父のことも素直に憎めなくなってしまった。知らなければ、父に復讐することも躊躇《ためら》わなかっただろうに。私はこれからどうすればいいのだろう。


そして、フキさん。思い出してはダメなのに……。

なんて酷《ひど》い人。残酷な人。父より人でなし。それでも優しい思い出がある。

ああ、ダメだ。思い出すと泣いてしまいそう。頭を振り、『セーラー服と機関銃』の若頭のことを思い出す。あの色気は凄《すご》いと思うのよ。そう、大人の色気なのよ！　同志ヨシオも色気があるわ。うん、あの色気だわ。一緒だわ……。


今日もサラちゃんが来てくれる予定だ。何かあった時のために、マンションのスペアキーをサラちゃんにだけ渡している。ウォードキーではない。ちゃんと防犯の役目を担っている上に、電子錠も付いている。

サラちゃんは買い物袋を携えてやってきた。

「レイちゃん！　今日はアタクシがお料理しましてよ。カレーですのよ」

「カレー！　嬉《うれ》しいですわ。今までなかなかカレーを食べる機会がなくって。でも好きですのよ！」

サラちゃんはエプロンをつけて料理を始めた。最後にフキさんにご飯を作ってもらったのはどのくらい前になるだろうか。でも過去にフキさんにご飯を作ってもらっていたのは事実だ。そう、事実は事実なのだ。

ドラマを観ながら、サラちゃんの料理を待つ。すると、焦げた臭いが部屋に充満し始めた。換気扇をつけていないのだろう。サラちゃんに換気扇をつけるように言うと、慌ててスイッチを押した。その後は水を入れて煮込んでいたのだが、サラちゃんはじっと鍋《なべ》を見つめている。沸騰したら火を弱めて放置していても大丈夫だと言っても、サラちゃんは鍋の前から動かない。その様子を眺めていたら、インターフォンが鳴った。サラちゃんが慌てて鍋の火を止めて出てくれる。

「レイちゃん、昨日のメンバーが来てますわ。双樹《そうじゅ》と万里小路《までのこうじ》様と葛城《かつらぎ》様と城山《しろやま》様。面倒臭いから、追い返してもよろしくて？」

「ええ？　サラちゃん、さらっと酷いこと言いますのね。とりあえず上がっていただきましょう。何かご用があるのかもしれませんもの」

「レイちゃん。アポイントメントも取らない男たちを上げてはダメですわ！　前から思ってましたけれど、レイちゃんは危機意識がなさすぎると思いますの」

「でも、ソウ君たちですのよ。問題ないと思うのですが」

そんなやり取りをしたが、とにかく部屋に通すことにした。ソウ君たちは制服姿だ。学園から直接来たようである。ドアを開けるや否や、葛城サマの第一声が響く。

「おい、火災が発生しているぞ！」

それを受けて、サラちゃんが怒る。

「葛城様。ちょっとお鍋を焦がしただけですのに、何を言ってますの？　おっかしいですわ！」

ソウ君が台所に行き、鍋の中を見る。

「沙羅《さら》、料理なんてできないのに何してんのさ？」

「双樹！　アタクシ、以前レイちゃんと一緒にグラタン作りましてよ。覚えてるでしょう？　料理できますわよ！」

「あれはレイちゃんが手取り足取り教えてくれたからだろう？　沙羅、何作ってんの？」

「カレーですわ」

私も台所に立って、鍋の中を確認する。焦げた時点で鍋を替えたらよかったのだが、そのまま水を入れたため、あとで味を調整しなければならない。

「サラちゃん、さあさ、また火にかけましょう！」

「ええ。火を点《つ》けますわ！」

「鍋を見ながら、隣のシンクで洗い物をしてもらえますか？」

「もちろんでしてよ！　レイちゃんは座っていてちょうだいな。アタクシが美味《おい》しいカレーを作りますから」

サラちゃんのエプロン姿は可愛《かわい》い。新婚さんのような可愛さがある。料理が下手なのも、それはそれでありだ。不慣れな感じが初々しい。

私は再びソファに座って、サラちゃんを眺める。ああ、いいな。

「レイちゃん、どうしたんだい？　沙羅さんを見つめて」

万里小路様が不思議そうに私に尋ねる。万里小路様はサラちゃんとソウ君が生徒会に入ってから、サラちゃんのことを沙羅さんと呼ぶようになった。ソウ君のことは双樹と呼ぶ。ちなみに私は生徒会には入っていない。本人の承諾なしには生徒会役員にはできない。そう、私は承諾しなかったのだ。

「ふふふ。誰かにご飯を作ってもらえるって幸せだなあって思いまして。サラちゃんのエプロン姿は可愛いですし。エプロンっていいですわね。私は割烹着《かっぽうぎ》しか着たことがないから、憧《あこが》れがありますの」

「そうか。じゃあ今度エプロンをプレゼントするから、何か作ってくれるかい？」

「エプロンをいただかなくても、ご馳走《ちそう》するつもりでしてよ。だってこの調理器具を合羽《かっぱ》橋《ばし》で揃《そろ》えてくださったのでしょう？」

「あそこは面白かったよ。レイちゃんも今度一緒に行こう」

「ええ、是非。和包丁が欲しいんですの。砥石《といし》も」

万里小路様は優しい笑顔で頷《うなず》く。私は刃物が好きだ。手入れをちゃんとすれば、それに応えてくれる。裏切らない。さすがに合羽橋にドスは売ってないだろう。ドスはどこに売ってるのだろうか。

ドスに思いを馳せていると、カレールーを投入する頃合いになった。ソファに座ってその様子を見る。ああ、そんな高い位置からルーを入れたら跳ねてしまう。そんな心配をしていると、ソウ君がサラちゃんの手を止めて、代わりに入れてあげている。やはり仲の良い双子だ。再び煮込む。焦げた味を隠すために、私が味を調えるつもりだったが、サラちゃんの作ったものに手を加えるのはなんだか嫌だった。私は子どもの頃のように誰かにご飯を作ってほしかったのだ。

「できましたわよ！」

カレーは二人分しかない。ご飯は一合だけ炊いている。サラちゃんはちゃんと計算して作っていた。

「ねえ、サラちゃん。私たち二人だけで食べるのはなんだか申し訳ないですわ」

「あら、レイちゃん。気にしなくていいんですのよ。彼らはアポイントメントなしで来ているのですから」

万里小路様たちも気にしなくていいと言うので、私たちは二人で食べた。焦げて苦いけれども、とても嬉しかった。私のために作ってくれたのだ！

「レイちゃん、ごめんなさい。不味《まず》いですわ……」

「いいえ、私のためだけに作ってくれて凄く嬉しいんですの。サラちゃんありがとうございます」

私は完食した。味ではないというのはこういうことなのだ。気持ちが嬉しくて、全部食べた。作ったサラちゃんはほとんど残していたが。

ところで今更ではあるが、万里小路様たちは何をしにやってきたのだろうか？　手土産に季節外れのガレット・デ・ロワを持ってきてくれたが、それを渡すのが目的なのだろうか？

このガレット・デ・ロワは、フランスの菓子でアーモンドクリームの入ったパイである。地方によってレシピが異なるが、イエス・キリストが公に現れた日とされている一月六日の公現祭《こうげんさい》で食べられる伝統的な焼き菓子だ。このパイの上には紙でできた王冠が載っており、このパイの中に隠された小さな陶器製の人形、フェーヴを当てた人がその王冠を被《かぶ》ってみんなに祝福されるのである。

葛城サマが立ち上がる。

「勝負だ！　レイちゃん！」

「はい？　勝負とはなんのことでしょう？」

葛城サマが笑顔で答える。

「このパイの中の人形を当てた者がこのメンバーの誰かに命令をすることができるのだ！」

そう言うと、葛城サマがお湯で温めたナイフでパイを切り始める。お湯はソウ君が紅茶を淹《い》れるために沸かしたものだ。ソウ君は仕方なしに再びお湯を沸かす。

「薫《かおる》。勝手なことを言うんじゃない。それは、一説では安岡力也《やすおかりきや》氏が発祥とされている王様ゲームと一緒ではないか」

万里小路様が諭すように言うが、安岡力也氏とは？

「葛城さん、打ち合わせと違うことしないでよ！　いつもいつも勝手なことしてさ。なんでそんなに子どもなのさ？」

ソウ君は怒っているが、以前と異なり人と積極的に関わるようになったようで少し嬉しい。

「薫、面白そう。やろう！　ゲーム分かんないけど！」

安定の城山サマである。

とにもかくにも、ガレット・デ・ロワを切り分け食べることになった。

葛城サマが切り分け、紅茶はソウ君が淹れてくれた。ティーカップが足りず、マグカップも使う。

「よし、レイちゃんから選べ！」

先ほどのカレーでお腹がいっぱいなので一番小さなものを選ぼうとするが、見事に均等に切られていた。ほんのちょっとだけ葛城サマを尊敬する。そして取り分けられた目の前のガレット・デ・ロワに手をつけるかどうか考えていると、城山サマが声を上げた。

「やった！　ボクが王様だ！」

城山サマはニコニコして王冠を頭にちょこんと載せる。こういった場合、自分で載せるのではなく、誰かに載せてもらうものではないのだろうか。戴冠式のように。

「本当はね、レイちゃんに王冠を載せるつもりだったんだ。ごめんね」

何故《なぜ》か万里小路様が謝る。

「いいえ。それでは不正になりますわ。仕込みというものになるのでしょう？」

「レイちゃん、王様、いや女王様にならなくても、祝福を送るよ。だって今日はそのために来たんだから」

「万里小路様。残念ながら私はクリスチャンではないんですの。でもそのお気持ちはとっても嬉しいですわ！」

万里小路様は本当に優しい人である。そして気配りのできる人だ。

「ミハエルが王様か！　よし、誰かを指名して命令しろ！」

「ちょっと、葛城様。アタクシ、先ほどから葛城様の勝手な行為に怒りを覚えていますの。城山様もはしゃいで。まったくもう、何をしに来ましたの？　今日はアタクシとレイちゃんだけで過ごす予定でしたのに」

サラちゃんは、キッと葛城サマを睨《にら》む。私はこの表情のサラちゃんも好きだ。『風と共に去りぬ』のスカーレット・オハラ役のヴィヴィアン・リーのようなのだ。

「サラちゃん、可愛い」

思わず言葉が漏れる。サラちゃんは顔を真っ赤にして、顔をプイッと横に向ける。

「何か問題でも？」

サラちゃんがデレた時の台詞《せりふ》を久しぶりに聞く。とにかく可愛いのだ。

「葛城さんのことも城山さんのことも、僕たちじゃ手に余るよ。諦《あきら》めろ、沙羅。僕は諦めたよ」

ソウ君に一体何があったのだろうか。気になって尋ねてみる。

「今まではさ、どんな人でも大抵は想定内の行動をするから頭であれこれ考えて対応できてたんだけどさ、葛城さんも城山さんも想定外の行動しかしないんだ。一応、彼らの言動を学習して対応しようとしたんだけど、無理だった。だからああいう生き物だと思うことにした」

「よかったですわね、ソウ君！　あれこれ考えなくても接することができる方々と仲良くなれて。私は遠慮願いますけれども」

「僕だって生徒会に入らなければ、葛城さんたちと付き合わなかったよ」

「ソウ君はいずれ生徒会長になるんでしょう？　すごく期待してましてよ。次期生徒会長の葛城様は……。木本《きもと》さんたちが言っていましたが、外部生たちからの評判もいいし、内部生たちからも慕われているとか。とても信じられませんが。大多数の人にとっては葛城様は会長として相応《ふさわ》しいのでしょう」

城山サマとはしゃいでいる葛城サマを見る。葛城サマは私の視線にすぐ気づく。

「レイちゃん、どうしたんだい？　ミハエルが王様だから、何を言われるか心配なのか？」

「葛城様。そもそも城山様が私を指名するとは限りませんわ。ですからなんの心配もしていません」

そう笑顔で答えると、城山サマが私の元へ近づく。そして、ソファに腰掛けている私の前に跪《ひざまず》いた。淡い金茶色のゆるく波打つ髪の毛と、エメラルドのような美しい瞳《ひとみ》。見た目だけならば、極上品だろう。

城山サマは頭の上の王冠を取り、私の頭に載せる。

「九条院麗子《くじょういんれいこ》、結婚して」

私は身動《みじろ》ぎも瞬《まばた》きもできずに固まってしまった。そして当然、声も出ない。

静まり返る部屋。

沈黙を破ったのは万里小路様だった。

「ミハエル。冗談でもそんなこと言うんじゃない」

万里小路様はやはり頼れる人だった。

「結婚したら、九条院麗子のピアノを毎日聴ける」

城山サマは結婚をなんだと思っているのだろうか。そもそも城山サマには婚約者がいるではないか。

「城山様、心底あなたを軽蔑《けいべつ》します。婚約者がいらっしゃるんでしょう？　私、そういう節操のない方が大嫌いですの！」

「じゃあ、婚約やめる」

「城山様、最低ですわ！　そんなに軽々しく言うなんて信じられません！」

「そうだぞ、ミハエル！　レイちゃんを怒らせていいのは俺《おれ》だけの特権だ！　俺はレイちゃんが怒る顔と泣く顔が好きだ！」

「何ドサクサに紛れて言ってますの？　アタクシ、葛城様も軽蔑しますわ。レイちゃんを怒らせる城山様も葛城様も帰ってくださいまし！」

葛城サマも城山サマも大嫌いだ！

「レイちゃん、本当にごめんね。薫もミハエルも追い出すよ」

万里小路様が冷たい笑みを見せる。綺麗《きれい》な顔をしているだけに怖い。万里小路様は、すぐさま二人の首根っこを掴《つか》み、玄関まで連れ出した。

第十一章
千の仮面と一の嘘

「万里小路様は力持ちなのですね」

「力持ちかどうかは分からないけれど、合気道と居合いをずっとやっているからね。あいつらを追い出すくらいなんてことないよ」

万里小路様は古武術の心得があるのか。

「アタクシは薙刀《なぎなた》をしてましてよ。うふふ、強いんですのよ！」

サラちゃんは運動神経がいい。

「僕はスケボー。一人でできるから」

なんと私と同じ運動をしない仲間だと思っていたソウ君まで。

「私、運動音痴ですから何もできませんの。社交ダンスもワルツとポルカしか踊れない上に下手《へ た》糞《くそ》なんです。練習の相手役はフキさんがして……」

マリ様は私のありもしない社交界デビューのために、幼い頃から私に社交ダンスを教えていた。意外なことにマリ様はダンスが踊れた。そしてフキさんも。しかし残念なことに、私はダンスが下手だった。唯一合格をもらえたのはお辞儀だけである。

フキさんのことを思い出すと涙が溢れ出して、それを見た万里小路様が私の頬《ほお》を拭《ぬぐ》ってくれた。

「レイちゃん、フキさんに会いに行こう。辛くて苦しいかもしれないけれども、その時は私が慰めるよ。沢山、慰めるから。フキさんの事情も知るべきだよ。そしてお父さんのことも大家さんのことも。みんな何か事情があったんだと思う。レイちゃん、私たちは若いからいくらでもやり直せるけれども、お父さんたちに残された時間はそんなにないだろう。特にレイちゃんのお父さんはね。だから辛くても一歩踏み出そう。私は必ず君を支える。いつだって側にいるから」

「ちょっと、万里小路さん。何言ってんのさ。僕たちもいるでしょ。っていうか僕の方がレイちゃんと仲良しだし」

「おっかしいですわ！　お二人とも親友のアタクシに勝てると思いまして？　レイちゃん。辛ければアタクシの胸で存分に泣けばよろしいのよ。そして美味しいものを沢山食べましょう」

サラちゃんは微笑んだ。その顔は花丘町唯一の教会にあった聖母マリア像のようだった。

1

私はサラちゃんたちの言葉を受けて、しばらく考えた。事実を知ったのは昨日の今日だ。混乱もしている。

しかし父はそんなに長くないだろう。このまま父が亡くなったら、私は後悔する。父を許すことはできないが、同情もしているのだ。

フキさんに会って、フキさんの真実を知るべきだ。それからまた父に会おう。
「サラちゃん、私フキさんに会いに行きます。一緒について来てくれますか？」
「もちろんよ」
ソウ君も万里小路様も一緒に行ってくれるという。
「小鳥遊《たかなし》にフキさんに会えるように連絡するから、待ってて」
ソウ君はそう言うとスマホを取り出す。ソウ君は小鳥遊サマの連絡先を知っているほど親しかったのだろうかと疑問が湧《わ》く。すると万里小路様が説明をしてくれた。
「彼も先日、生徒会役員になったからね。庶務だ。……何があったかは薫から聞いたよ。
レイちゃんに謝罪をしに来たと。ことの顚末《てんまつ》を聞いたが、私は存外に狭量でね。彼を許す
気にはなれない。しかし彼は猛省しているし、能力的には問題ないということで生徒会役
員として信任した。レイちゃんが生徒会に入らなかったからね」
「そうでしたの。私はもう気にしていません。彼は彼で苦しんだのでしょう。確かに浅慮
だったとは思いますが、自分を救ってくれた人が言うことを疑うのは難しいですもの。
……私はフキさんから疎まれ嫌われていたことを知って悲しかったです。そして、フキさ
んが大家さんにしたことを知って許せないんですの。それでもどうしても嫌いになれない
んです。優しかった思い出は私にとっては本物ですから」
サラちゃんが悲しそうな顔をする。今の私には私を思って悲しんでくれる人がいる。私

は一人ではない。フキさんに会ってもきっと大丈夫だ。傷つくかもしれないし、後悔するかもしれないけれど、きっと大丈夫。

「レイちゃん。小鳥遊からフキさんの入院先と面会の許可を得たよ。アイツも一緒に行くってさ」

仕事が速いソウ君。

「あの、結城美羽《ゆうきみう》サンは一緒ではありませんよね？　今の私に彼女を気遣う余裕はありませんわ」

そこで、先日小鳥遊サマが私の病室に一人ではなく結城美羽サンをともなっていたことをサラちゃんたちは知る。

「薫、そんなこと言ってなかったな。あいつはその女性が報告するほどの人物ではないと判断したのか」

「結城美羽、許せませんわ！　いくら桜田優里亜《さくらだゆりあ》に唆《そその》かされたといっても、レイちゃんを知ればそんなことないことくらいすぐ分かるのに。現に木本さんたちはレイちゃんに対する誤解を解いてましたもの」

サラちゃんが結城美羽サンのことを名前で呼んでいる！　今までは『外部生の女』だったのに。サラちゃんは随分と変わった。

「私は彼女が苦手です。ですから明日は同行しないよう小鳥遊様にお願いしていただけませんか？」

「もちろんさ。小鳥遊に釘《くぎ》を刺しとくよ」

ソウ君が小鳥遊サマにメッセージを送ると、すぐに返答が届く。

「彼女を連れて行く予定みたいだった。何考えてるんだ、あいつ」

「……世の中の彼女彼氏という関係の人たちは、あの方々のようにべったりといつも一緒にいるものなのですか？　理解しかねます」

私が呆れていると、サラちゃんが万里小路様を見る。

「万里小路様はお付き合いなさっている女性とはいかがですの？　付き合い始めは彼らのように四六時中べったりとしていましたの？」

「あ、それ僕も聞きたい。大人な感じの美人だよね？　万里小路さんが彼女を助手席に乗せてるの偶然見たんだ僕。あの時は五月だったけど、もう万里小路さんは免許持ってるんだなって思ってさ。だからよく覚えてるんだ。僕さ、その日は要《かなめ》兄さんとホテルで食事しながら仕事の打ち合わせしてたんだよね。帰りに地下駐車場に行くと、万里小路さんが運転席から降りてその彼女をエスコートしてホテルに入っていくの偶然見たんだ。大人だなって感心しちゃったよ」

サラちゃんもソウ君も万里小路様をからかっているようだ。こういう時、やはり双子だなと思う。一方の万里小路様は顔を引きつらせていた。

「彼女とは別れたよ」

あら、万里小路様が振られたのかしら？　完璧な万里小路様には実は隠された変な性癖があるとか？　ダメダメ、そんな捻《ひね》くれた考え方をしては。きっと思想の違いとかの高尚な理由よ。ほら音楽性の違いで解散するバンドのように。そもそも音楽性の違いというけれども、バンドを組んだ時点で音楽性は分かると思うのよね。

「万里小路様は傷心ですの？　きっとまた素敵な恋人がすぐにできますわ！　万里小路様は凄くモテるのでしょう？」

「レイちゃん、違うんだ。私に想う人ができたから、彼女には悪いと思いつつ別れたんだ」

「まあ！　もう新しい恋人がいますの？　流石《さすが》ですわね」

どうにもこうにも意地悪な言い方になってしまう。好きな人ができたから恋人と別れて、その人と付き合う。なんら問題はない。人を好きになる気持ちをどうこうするのは難しいのだろう。ただ、元恋人の方のことを思うと悲しくなる。変わらぬ愛なんてきっとないし、仕方のないことだとしても。私には一方的に慕って、捨てられる人の気持ちしか分からないもの。逆の立場の人のことは理解できても、納得はできないのだ。フキさんのことを本当に好きだったけれども、あっさり捨てられた私には。

何もかも捨ててもいいほど人を好きになったら大変だろう。日常生活に支障をきたしそうだ。いつか私が人を好きになることがあるならば、情熱的な愛よりも温かい愛がいい。

そんなことを考えていると、万里小路様が慌てるように否定する。

「いいや、いないよ！　彼女にはまだ想いを伝えていない」

意外だった。元恋人と別れるくらい好きなのに、まだ告白すらしていないとは。もしかして禁じられた恋なのだろうか。人妻とか？　意地悪な言い方をしたことを後悔してしまう。

「そうでしたの。無神経な言い方をしてごめんなさい、万里小路様。サラちゃんは彼氏がいたことないですわよね？　私と仲間ですわよね？　ソウ君も仲間ですわよね？」

「アタクシに釣り合う男はそうそういませんことよ！　でも双樹はアメリカにガールフレンドがいましてよ」

「ええ？　ソウ君まで？　じゃあ私とサラちゃんだけ恋人がいたことないんですわね。なんだか皆さん進んでいますのね」

私が竹の皮を拾っていたり、山菜を採ったり、ナイフを研いでいた時に、皆さん青春をしてましたのね。……いいのです、私はこれから青春しますもの。

その前に、父やフキさんとのことを解決しないと。

「レイちゃん、ボクは帰国前に別れてるよ！　万里小路さんとは違うよ！　沙羅、余計なこと言うな！」

「あらそうですの。でもソウ君とお付き合いできるということは、ソウ君を理解してくれる方だったのでしょうね。得難い女《ひと》だったのではありませんか？」

「違うから！　なんとなく付き合っただけだし、向こうもそう」

「なんとなくでお付き合いってできるものなのですね。私には無縁すぎて分かりませんわ。モテたことのない人間の気持ちなんてソウ君にも万里小路様にも理解できないんでしょうね」

自慢にもならないが私はモテたことがない。女子高生はＪＫと称され、一番モテる時期らしいのに。思わず僻《ひが》み根性が出てしまった。しかし花丘町にいたままならば、こんな感情が発露されることはなかっただろう。あの生活で満足していたから。サラちゃんが変わったように、私も変わっていっている。

「レイちゃんはもう少し自信を持った方がよくてよ」

「サラちゃん、ありがとうございます。万里小路様にソウ君、ごめんなさい。八つ当たりしてしまいましたわ。でも恋愛云々《うんぬん》は今の状況を打破しないと、私には一生縁がなさそうですわね。だって父は大家さんのことを一途に愛していたようですが、母を妊娠させてしまいましたし。フキさんは結婚相手だった方よりもマリ様だけを愛していたようですし」

とにもかくにもフキさんに会いに行くことになった。みんなが付いていてくれる。大丈夫だ。そのことを同志ヨシオに伝えると付き添うと言ってくれたが、断ってしまった。そう、『セーラー服と機関銃』を観てからちょっと私はおかしいのだ。

同志ヨシオに対して色気を感じてしまいドキドキする。『セーラー服と機関銃』の最後で、主人公の泉《いずみ》ちゃんは亡くなった佐久間《さくま》さんにキスをする。あのシーンは凄くドキドキした。何故か佐久間さんを思い出そうとすると、同志ヨシオになってしまうのだ。だから恥ずかしくて会えない。私は馬鹿だ。

同志ヨシオがいなくてもサラちゃんたちがいる。多分、病室ではフキさんと私の二人きりになるけれども、病室の外に待ってくれている人がいると思えば、立ち向かえる。独りぼっちの時とは違う。

2

翌日、サラちゃん、ソウ君と万里小路様に連れられてフキさんの入院する病院に向かった。フキさんは都内の私立病院の特別室に入院中だ。エレベーターで病室のある十二階に行くとラウンジがあり、そこで小鳥遊サマが待っていた。病院といってもホテルのような造りをしている。

「レイちゃん、大丈夫？　アタクシたち、ちゃんと待ってますから。ここで待ってますから」

サラちゃんは私をぎゅっと抱きしめてくれた。いい匂いだ。頑張れる。それから、私は小鳥遊サマの後ろをついて行った。フキさんの病室の前まで来るとさすがに緊張してくる。

「フキばあちゃん、入るよ」

小鳥遊サマが酷くぶっきらぼうに言う。彼は今度はフキさんが許せないようだ。今までは母親だけだったのに憎む相手が増えてしまった。それを支えているのが結城美羽サンなのだろうが、今日は遠慮してもらった。

私と小鳥遊サマ二人で病室に入る。ラグジュアリーな部屋でとても病室だとは思えない。高級な調度品が目に入る。家具はドレクセル・ヘリテイジで揃えられており、チェストの上にはミューラー兄弟の花瓶がある。バルスター型のカメオガラスだ。ここは病室ではなく、療養するためだけの部屋だ。

私の姿を認めて、フキさんは瞠目《どうもく》する。どうやら小鳥遊サマはフキさんに私が面会に行くことを伝えていなかったようだ。報連相は大切なのに、こんなことで生徒会でやっていけるのだろうか。

「フキさん、ご無沙汰しております」

「麗子《れいこ》様……」

綿紅梅の反物《たんもの》でできた寝巻きを着ているフキさんは随分とやつれていた。しかし相変わらず白い肌と手入れの行き届いた髪をしている。フキさんは私の左腕のギプスに目をやる。

「麗子様！　腕を、腕を、怪我なさったのですか⁉　また元の通りにピアノは弾けるのですか？」

フキさんはベッドから降りて私の元に膝《ひざ》をついて腕のギプスに恐る恐る触れて、私を見上げる。

「フキさん、ギプスはあと一週間強で取れますし、元通りピアノは弾けるとのことです」

「ああ、よかった！　天国のマリ様に顔向けができないところでした」

私の身よりピアノが弾けるかどうかを心配していて、なんとも言えない気持ちになる。

「おい、フキばあちゃん！　九条院さんに言うことあるだろ？　自分のやったことちゃんと謝れよ！」

「小鳥遊様、そんな言い方をしないでください。私は謝罪を求めてきたわけではないのです。ただフキさんが何を思ってマリ様と一緒にいたのか、何故大家さんをあんなに傷つけたのか、それを聞きたいだけですの」

「麗子様！　亮《りょう》のような下の者にそのような丁寧な言葉を使う必要はありません。常に堂々となさってください。天国のマリ様に叱《しか》られますよ」

「フキさん、マリ様は天国ではなく地獄にいると思いますわ」

「麗子様、なんてことを！」

私は、苦笑いをしてしまった。何故マリ様が天国にいると思うのだろうか。

「フキさんにとって、マリ様とはどんな存在でしたの？」

「亮君、ここから出ていってちょうだい。私は麗子様だけと話をしたいの」

小鳥遊サマは私の方をちらちら見ながら出ていく。

広い病室にはフキさんと私の二人きりだ。フキさんは椅子《いす》に腰かける。

「麗子様は緑谷節《みどりやせつ》の話を聞いたのですね。あの娘は透様《とおる》に相応《ふさわ》しくなかったのですよ。伝統ある名門の九条院家にあのような娘の血を入れるわけにはまいりません。そのために正しいことをしたまでです」

フキさんは私をまっすぐ見て言う。あたかも大家さんにした仕打ちに正当性があるかのように。

「それはフキさんが判断すべきことではありません。マリ様は大家さんを受け入れるつもりだったのでしょう？」

「マリ様は世間知らずです。そして貴いお方です。ですから私がマリ様の代わりにしたのです」

「マリ様が貴い？　フキさん、おかしいですわ。マリ様はただの高慢ちきなピアニストですわ。昔から不思議でしたの。どうしてそんなに崇《あが》めるのかと。昔、浮浪児だった頃にマリ様に拾われたと言っていましたわよね？　たったそれだけでそんなにマリ様に傾倒するものでしょうか？」

フキさんは、般若《はんにゃ》のような顔をした。

「たったそれだけ？　恵まれた生活をしていた麗子様に何が分かるというのでしょうか？　麗子様には私の気持ちは理解できません」

「恵まれた生活？　何をもってそういうのでしょうか？　確かに飢えることもなく清潔な暮らしをさせていただきましたわ。でも誰《だれ》も私を愛してくれませんでした。フキさんもマリ様も赤ん坊の私を父に返そうとしたそうですね。フキさんはその後、乳児の私を気持ち悪いからと捨てようとしたとか。私はフキさんが大好きでした。そんな話を聞いても今も恨みきれません」

フキさんは目を閉じてため息をついた。

「麗子様。何をお聞きになりたいのですか。私は私が信じたことをしたまでです」

「ですから、何を信じていたのかを知りたいのです」

「マリ様です。私にはマリ様しかいません」

「でもフキさんは、認知症になったマリ様からアバズレと呼ばれてましたわ」

フキさんは顔を歪《ゆが》める。

「そんな、マリ様はそんなことおっしゃいません。嘘《うそ》をついてはなりません」

私は動揺するフキさんを見つめる。

「マリ様は『salope』とフキさんを罵っていませんでしたか？　聞き覚えあるでしょう。『salope』はフランス語でアバズレ女です。フキさんが暴れるマリ様を止めようとすると、『Lache-moi, cinglée de salope !』なんて言われてたでしょう？　日本語で『アバズレ、離せ！』という意味ですわ。マリ様は認知症が進んで言葉遣いも下品になりました。幸いなことにフランス語でしたので、フキさんを傷つけることがなくて私はほっとしていましたの」

フキさんは顔面蒼白《そうはく》である。何か身に覚えがあるのだろうか？

「ええ、晩年のマリ様はフランス語を話すことがほとんどでしたね。それにその単語の響きは覚えています。では麗子様は私がアバズレと呼ばれているのを知っていて黙っていたのですね……。あんな仕打ちをしたのに馬鹿な子だこと。そんなに私からの愛が欲しかったのですか？」

そう言うとフキさんは顔を歪めて泣き始めた。

「マリ様は私を許してくださらなかったのですね。麗子様、話します。全てを」

フキさんは涙を拭き静かに語り始めた。

3

初めて体を売るために十二歳にして路上に立ったフキさんを一目見てマリ様が拾ったというのは事実ではなかった。

フキさんは既に体を売っており占領軍兵士に囲われていた。当時十三歳のフキさんは既に浮浪児ではなく、小児性愛者の将校の愛人だった。ある日その将校に連れられ、綺麗《きれい》なドレスを着てパーティーに行く。そこでは絶世の美女のマリ様がピアノを弾いていた。フキさんは一瞬にしてマリ様の虜《とりこ》になった。

その時、ＧＨＱ参謀部の大佐が演奏中のマリ様を口説く。演奏を邪魔されたマリ様は怒り、近くにあったシャンパンをその大佐にかけて会場から出て行った。

フキさんはマリ様を追って会場を出ていく。何故追ったのか分からない。あまりに美しくて気高くて、追いかけずにはいられなかった。

マリ様はそんなフキさんに気づき、フキさんを見てこう言った。

「美しい子だわね。気に入ったわ。お前私のメイドにおなりなさい」

マリ様は夫である九条院重一郎《じゅういちろう》に頼んで小児性愛者の将校に話をつけてもらった。そもそもマリ様は世界的なピアニストであり、本来ならばあんな扱いをされる謂《いわ》れはない。夫に頼まれて三曲だけという約束でピアノ演奏をしに来たのだ。フキさんはマリ様に名前と年齢を聞かれた。

「山田《やまだ》フキ、十二歳です」

フキさんは自分の体が汚れる前の年齢を言った。フキさんは自分を救ってくれた女神マリ様に傾倒していく。


フキさんのその後は以前聞いた話と変わらない。メイド見習いをしつつ学校に行き勉強をするフキさんは聡明《そうめい》な美少女だった。マリ様はそんなフキさんを非常に気に入っていたという。

「父はその頃どうしていたのですか？　まだ幼い子どもですよね？」

「透様は九条院邸で養育されていました。同じ屋敷にいてもマリ様は透様と一緒に食事をすることはありません。たまに顔を合わせると、透様のことをピアノの才能もなければ、頭も良くない出来損ないと言ってため息をつくのです。私はマリ様に憂い顔をさせたくなくて、透様とは極力接触させないように細心の注意を払いました」

マリ様も思った以上にクズだった。幼い我が子を凡庸だからとため息をつくのか。私も凡庸だったら同じように扱われていたのだろうか。

父は小学校までは私も通っている明聖《めいせい》学園の初等部に通っていたそうだ。その頃、マリ様はアメリカで本格的に演奏活動を再開する。戦前はヨーロッパで活躍した若き天才ピアニストである。アメリカでも歓迎された。十五歳ではなく本当は十六歳になっていたフキさんはマリ様に同行する。その当時のことをフキさんはうっとりとした顔で話した。

「本当に女神のようでした。あの戦勝国の国民が、マリ様に惜しみなく拍手を送るのです。誰よりも美しく気高いマリ様。マリ様は私にも教養をつけさせようと、アメリカにいる間もイギリス人の家庭教師を付けてくれました。日本にいた時は、華道や茶道を学んでいましたが、アメリカでは社交ダンスやヨーロッパ式のマナーを叩き込まれました。マリ様も私もアメリカ英語は話しませんでしたよ。私たちに相応しくありませんから」

「……その差別思考はマリ様直伝ですの？」

「ほほほ、マリ様は下々のことなんて気になさりませんわ。私のことは可愛がってくださいましたが。私がマリ様に相応しくありたかっただけですよ」

「フキさんは偏見の塊ですのね」

私たちは互いに黙り込んだ。

それからフキさんはマリ様の交通事故の話をした。マリ様はマンハッタンのミッドタウンでタクシーにはねられたのだ。フキさんはその当時のことを思い出したのだろう。涙ぐむ。

「マリ様は命は助かりました。しかしもうピアノが弾けなくなっていたのです」

ピアノが弾けなくなったマリ様は最初は叫んだり、暴れたりしたそうだ。そのうち、何も反応しなくなり虚《うつ》ろな目をするようになった。事故の一ヶ月後、祖父の九条院重一郎は渡米し、マリ様を日本に連れ帰った。

「旦那様は、マリ様を大事に抱えて帰りました。大変お忙しい方でしたが、マリ様を愛しておられました。海外で活躍するマリ様とは、仕事の上で利があるからと結婚をなさったようですが、二人の間には愛があったように思えます」

生きる目的を失ったマリ様は、都内の九条院邸でうつ状態になる。マリ様は食事を取らなくなり、無理やりご飯を食べさせられているような状態だった。女主人といっても、元々マリ様は奥向きのことはまったくできない。全ては結婚前から側仕えをしていた秘書の杉山《すぎやま》さんがマリ様に代わって指示していた。こんな女主人ならば離縁して若い奥さんを迎えた方がいいと使用人たちはひそひそと話す。

「愚かな使用人どもは全員解雇しました。秘書の杉山さんと協力して。私たちはマリ様を守りたかったのです」

しかし、フキさんと杉山さんでは太刀打ちできない相手が九条院邸に現れる。祖父九条院重一郎の姉である。彼女は祖父にマリ様に十分な慰謝料を払って別れて、新たな嫁を貰《もら》えと迫る。九条院家には一人息子の父しかいない。元々先細りの家系だった。だからスペアが必要だと彼女は訴えるのだ。祖父は無論断るが、それでも彼女は食い下がってせめて誰かの腹を借りて、子どもを儲《もう》けろと。

「マリ様は自覚はなさってなかったようですが、旦那様のことを愛していました。もし若い女ができたら、二度と立ち直れないと私は思ったのです。ですから、ですから……」

フキさんは俯《うつむ》き黙り込んだ後、静かに語り始めた。

「私がマリ様の代わりに子どもを産めばいいと考えました。私ならば旦那様よりもマリ様をお慕いしていることは明白です。そのことは旦那様もマリ様もご存知でした。ですから、私は旦那様に抱かれようと、ある晩、寝室に入ったのです」

しかし、フキさんの夜這《よば》いは失敗に終わる。祖父が退けたのだ。そしてその様子をたまたまマリ様は見てしまう。はだけた長襦袢《ながじゅばん》姿のフキさんを追い出す祖父。感情を失ったように過ごしていたマリ様は怒りをあらわにする。

そして、マリ様の怒りを買ったフキさんは小鳥遊家に嫁ぐことになった。

「絶望しかありませんでした。もっとも傍目《はため》には玉《たま》の輿《こし》にしか見えなかったでしょうね。小鳥遊家は非常に豊かな家ですし、私はそこの若き当主に見初められて結婚したのです。それまではマリ様が私を手放したくないと言い、九条院家の旦那様が話を断ってくださっていたそうです。その話を結婚後に主人から聞いた時は、あの愚かな行為を心から悔いました。そしてもう一度マリ様の元に戻りたいと願いました」

フキさんは小鳥遊家の女主人として傅《かしず》かれる。小鳥遊サマのお祖父様にあたる息子も産んだ。幸福なはずだった。しかしフキさんは不幸だったという。

「マリ様のいない世界なんて、私には必要ないのです」

フキさんはマリ様の秘書である杉山さんを頼った。

「杉山さんは私のことを密《ひそ》かに愛していたので、彼を利用しました」

フキさんは溺愛《できあい》してくれるご主人に愛人を作るように仕向けた。ただの娘ではだめだ。良家の娘でなければならない。責任を取って結婚しなければならないくらいの家柄の娘でないといけない。幸いにもフキさんのご主人はハンサムだった。

「主人はひ孫の亮と似た顔をしていました」

結果、まだ十八歳の元伯爵家の令嬢をあてがうことにした。偶然を装い何度も会うように仕組んだのは杉山さんである。彼は優秀だった。思惑通りその令嬢はフキさんのご主人にのぼせ上がった。

そして計画は実行された。泥酔したご主人の元にその令嬢を送り込んだのだ。令嬢にはご主人が呼んでいると嘘《うそ》をついて。実際に手がつけられなくても構わない。良家のお嬢様が傷物にされたという噂《うわさ》が広がればよいのだ。

「主人は財産を全て手放しても私と別れたくないと言いましたが、私は家を出ました。その足で九条院家に向かいました」

杉山さんの手引きで、フキさんはマリ様と再会をする。七年経《た》ってもマリ様は虚ろな目をしていた。元々白かった肌は青白くなり、大きな目はより大きく見えるくらいに痩せていた。フキさんは私の祖父の許しを得て、再びマリ様の元に戻ってきた。

「本当に幸せでしたわ。またマリ様と暮らせるのですから」

私はぶわっと鳥肌が立った。この妄執は異常である。

「息子さんのことは？」

「どうでもよかったのです。私にはマリ様さえいれば他のことは全てが些事《さじ》でした」

しばらくして祖父九条院重一郎が亡くなり、父が帰国する。

「マリ様は、旦那様がお亡くなりになって更に落ち込むかと思いましたが、逆でした。むしろ九条院家を守らなければという使命感をお持ちになったのです。ですから、透様にはより厳しく接するようになりました」

その後の話は、大家さんの話と同じだった。本当に大家さんに対して非道なことをフキさんはしたのだ。

「何故、ぽっと出の田舎臭い娘に、マリ様が声をかける必要があるのでしょう。あんな娘を迎え入れたら、九条院家を汚すことになります。私の判断は正しかったのです」

私はフキさんが恐ろしくなった。何がフキさんを狂わせたのだろうか？

「あの娘がいなくなって、透様は子どもの様に泣いて喚《わめ》いて。次期当主としての自覚もなくて困った人でした。でもそんなこともマリ様の手の手術が決まってからはどうでもいいことになりました。また私はマリ様と二人で過ごせるのですから」

　フキさんはその当時を思い出したのだろう。うっとりした顔を見せた。

「フキさん！　どうしてそんなにマリ様に傾倒するのですか!?　私には理解できません。大家さんを苦しめて、父を馬鹿にして。フキさんはどうして、どうして……!!」

　私はフキさんを責めるが、フキさんは暗い目をして私の問いに答える。

「麗子様。あなたに何が分かるというのでしょうか。苦労もせずに生きてきて。マリ様に愛されて。私が得られなかったマリ様の愛を独り占めにして。マリ様は麗子様に期待していました。旦那様とマリ様の才能を合わせた奇跡のような存在だとおっしゃるのです。なんでも教えればすぐに覚える。ピアノの才能も自分よりあるだろうと。私が欲しても得られなかった愛を、なんの苦労もせずに得たあなたに何が分かるというのですか！」

　マリ様が私のことをそんな風に思っていただなんて知らなかった。嫌われていたのだと思っていた。亡くなった後に知っても、どうにもできない。知らない方がよかった！

「本当に嫌な子。本当のことを言えば、麗子様のことは何度か殺そうとしました。でも首に手をかけようとすると、あなたは笑うのです。私のことを疑いもせずに。……殺せませんでした」

　フキさんは狂っていた。

「私には理解できません。フキさんはご主人にも愛され、秘書の杉山さんにも愛されていた。何故そんなにマリ様に執着するのですか？」

フキさんは、しばらく黙ったまま空を見つめた。そして徐《おもむろ》に語り始める。浮浪児の頃の話を。虫けらのように扱われながらも子どもたちで身を寄せ合って生きていたことを。フキさんは懸命に生きていた。男に狙われそうになったら仲間の男の子に守ってもらっていた。しかし、その守ってもらっていたと思っていた男の子に襲われる。そして仲間内で物のように扱われるようになった。たまたま将校に買われて浮浪児ではなくなるが、幼女趣味の男の愛人だ。フキさんは美しかった。色んな男を虜にできる美しさがあった。


マリ様だけが、フキさんを性的な目で見ずに欲してくれた。

マリ様だけが、フキさんを一人の人間として扱ってくれた。


フキさんはマリ様以外の人間に復讐をしたかったのだ。己の尊厳を踏みにじった人間に。フキさんにとって、マリ様以外は全て塵芥《ちりあくた》以下の存在だったのだ。

「私はフキさんを許しません。父も許しません。私は私を傷つけた人間を許しません」

私は泣いているフキさんをじっと見つめた。

「私はそれでもフキさんが好きなのです。愚かでしょう？　いつもフキさんを求めていました。フキさんが教えてくれた料理も和裁も完璧にできます。フキさんが褒めてくれるとすごく嬉しかったのですよ。ですから頑張って覚えました。フキさん、私が土砂災害で怪我をしたと聞いて、慌ててくれたのでしょう？　そして良心の呵責《かしゃく》に苛《さいな》まれて小鳥遊様に本当のことを伝えたのでしょう？　でも私を目の前にすると、マリ様から得られなかった愛を得た私がどうしても許せなくて偽悪的な態度をとってしまうのですね。フキさんは私といてずっと苦しんでいたのでしょう」

フキさんは肩を震わせ泣き続ける。

「ええ。麗子様は可愛《かわい》くて愛《いと》おしかった。しかしマリ様の愛があなたに取られるのは許せなかった。私はあなたを愛したかった。でも愛せなかったのです。私は何をしていたのでしょう。こんな年になるまで何を一体していたのでしょう……！」

私はフキさんの手に手を重ねた。私の手にフキさんの涙が落ちる。

「私は私を幸せにします。マリ様はもういません。だからフキさんはマリ様以外の幸せを探さないとなりませんわね。……私はフキさんの愛を二度と求めたりはしません」

私はサラちゃんにスマホで帰ることを伝えると、サラちゃんと小鳥遊サマが病室に入ってきた。病室に入るや否や、小鳥遊サマが怒鳴る。

「フキばあちゃん、九条院さんにまた酷いことしたんだろ！　クソババア！」

「小鳥遊様、やめてください。フキさんにそんな言葉を使うのは私が許しませんわ。大体あなたはあまりにも短絡的すぎます。フキさんをまた責めるようなことがあったら容赦しません！」

「お前、まだ分かんねぇのかよ！　お前は愛されてねぇんだよ！」

私は笑ってしまった。

「小鳥遊様、私はそれでもフキさんが好きだったのです。ですが愛は求めません。二度と。小鳥遊様もお母様が好きだったのでしょう？　いえ、今も好きなのでしょう？　だから苦しいんですのよね。それはそれで受け入れればいいではありませんか。それに今のあなたにはあなたを愛してくれる人がいるでしょう。お祖父様に、結城美羽さん。私にも私を大切にしてくれる人ができました。私たちが過去に負った傷は、傷跡は残りますが痛みはなくなりますわ、きっと。私はそう信じて生きていくことにしました」

小鳥遊サマは俯いて拳《こぶし》を作る。

「私も小鳥遊様も一生、過去のことは忘れることはできませんし、思い出せば悲しくて苦しくて怒りを感じるかもしれません。でもそれすらもいつか自分の一部にできたらいいと思っています」

サラちゃんが微笑んで私の顔を見つめる。

「レイちゃん、いい顔をしてますわ。なんだかスッキリしたみたいですわね。さあ、皆様待ってますわ。帰りましょう」

私は再びフキさんの顔を見ると、フキさんは硬い表情をしている。

「フキさん、さようなら。お元気になられることをお祈りします」

私は病室を出た。ソウ君と万里小路様が心配そうに私を見る。

「もう大丈夫です。待っていてくれてありがとうございます」

私は笑っていた。フキさんを慕う気持ちはそのままでいいのだ。でも愛は求めない。これが私が出した結論だ。胸は痛むけれども仕方がない。きっと痛みはそのうち和らぐ。そしてフキさんを慕う気持ちもなくなっていくだろう。


私はサラちゃんたちとともにマンションに戻った。マンションの広いエントランスのソファでくつろぐ二人組が目に入る。葛城《かつらぎ》サマと城山《しろやま》サマだ。彼らの手元にはゲーム機があり、こちらには気付《づ》いていない。

ゲームといえば、スマホを手に入れるまでゲームウォッチしかしたことがなかった。子どもの頃、大家さんの家で梅を干す予定だったのに急に雨が降ってきて暇になり、おじさんが貸してくれたのだ。電池も交換してくれた。あれは楽しかった。フラッグマンというゲームだった。昔、おじさんはゲームが大層好きだったそうで、『ゲームセンターあらし』でも有名なインベーダーゲームにのめり込んだそうだ。そして私に名古屋《なごや》撃ちなる技を詳しく解説してくれたが、そもそもインベーダーゲームをする機会がないので聞いたところで役立てることはできない。しかしおじさんが楽しそうに話すので黙って聞いていた。

「レイちゃん、気にしてはなりませんわ。彼らのことは無視して行きますわよ」

サラちゃんは無視を決め込み、ソウ君と万里小路様も同様に声をかけずにエレベーターホールに向かうが、葛城サマは気付《づ》いてしまう。

「レイちゃん！　待ってたよ！　電話かけても繋《つな》がんないし」

ああ、葛城サマである。隣の城山サマがニコニコの笑顔で話しかけてくる。

「九条院麗子、昨日はごめん。ボク反省したよ。薫が教えてくれた」

「そうだぞ、ミハエルは猛省した！　二度と同じ過ちは繰り返さない！」

安定の二人である。サラちゃんが冷たい視線を向ける。

「おつむの弱いお二人に、用はございませんわ！　さっさとお帰りなさいな！」

「うん、ボクも怖い本郷《ほんごう》姉に用はないよ！」

「なんですって！」

ここはエントランスだ。周囲に迷惑がかかる。

「サラちゃん、ここでは皆さんにご迷惑がかかりますから、一旦部屋に入ってもらいましょう」

「……。仕方ありませんわね」

結局昨日のメンバー全員が私の部屋に集う。私とサラちゃんはソファに、ソウ君と万里小路様はテーブルの椅子に腰を掛け、葛城サマと城山サマはクッションの上に座る。ちょうどヘルパーさんが来る時間だったが、お茶だけを用意してもらい今日は帰ってもらった。

第十一章
千の仮面と一の嘘

お風呂はサラちゃんが手伝ってくれるそうだ。といっても服を脱いだ後にギプスを濡らさないように防水のためにギプスカバーを着けるのを手伝ってもらうだけで、髪の毛も体も自分で洗える。

「サラちゃん、お願いしますね」

「うふふ、任せてちょうだい！　そうだわ、折角だからアタクシ泊まってもいいかしら？」

「すごく嬉しいのですが、お布団がありません……」

私がそう言うと、サラちゃんはスマホを取り出して電話をする。着替えと布団、その他諸々《もろもろ》を本郷邸から運んでもらうように手配したとのこと。

「これで問題ないですわ！」

「サラちゃん、さすがです！　今日はお泊り会ですね。幸い明日は休みですし」

私とサラちゃんは二人で盛り上がる。サラちゃんは私より興奮している。きっと誰《だれ》かと布団を並べて寝たことがないのだろう。私は居間でフキさんと布団を並べて寝ていたが。

「沙羅《さら》、いい加減にしろ。レイちゃん、今日、何があったか聞いていい？」

「ソウ君、ごめんなさい。万里小路様も。あんなに心配してくれたのに何も伝えなくて。長くなりますが時間は大丈夫ですか？　お腹は空《す》きませんか？」

「じゃあ、ケータリング頼むよ」

ソウ君がスマホで軽食を注文していると、万里小路様が私の側にきた。

「レイちゃん、気持ちの整理がついたんだね。安心した」

凄《すご》く優しい声で言う。万里小路様は優しい人だ。万里小路様の道ならぬ恋が上手くいくように祈ろう。ただ、やはり不倫は容認できない。人妻だったら諦《あきら》めるように説得をせねば。嫌われても説得するつもりだ。

「レイちゃん⁉　私の愛する人は人妻ではないよ？」

「あら、申し訳ありません。心の声が漏れてしまいましたのね。でも人妻でないと聞いてほっとしましたわ。私、万里小路様を応援しますわ！」

よかった。人妻ではなかった。隣でサラちゃんが笑っている。

「おっかしいですわ！　うふふふふふ、あははははは！」

何かツボに嵌《はま》ったようだ。私たちは箸《はし》が転んでもおかしい年頃だ。私も万里小路様からお借りしたタブレット端末に入っていた『がきデカ』で死刑‼　が出るたびに笑い転げていた。なんであんなに受けるのか自分でも分からなかった。あれは凄いと思う。

サラちゃんが笑い続ける中、ソウ君が葛城サマと城山サマに尋問をしていた。

「昨日のこと、本当に反省してるの？　特に城山さん」

「してるよ。ちゃんと婚約をやめる」

「城山さん、全然理解してないじゃん。そんなに簡単に婚約を解消できると思ってんの？」

「そうだぞ、ミハエル。お前はドイツにいる婚約者と結婚すればいいんだ。昨日教えただろう？」

「ビアンカとは結婚したくない。今朝、お母さんにそう言った」

「お前と結婚してくれるのはその、ビアンカとかいう女の子しかいないぞ！　ミハエル、お前は馬鹿だ。ピアノしか能のない馬鹿だ。それを受け入れてくれるのはその子しかいない！」

「ううん、九条院麗子は受け入れてくれる。九条院麗子のピアノはボクのもの」

「いいや、レイちゃんは受け入れない！　ミハエル。それにお前はまだ婚約者のいる状態だ。だから万が一、いや億が一、レイちゃんがお前を受け入れたとしても、お前は求婚することはできないんだ。分かったな？」

　ソウ君がため息をついたところで、ケータリングが届いたことを知らせるチャイムが鳴った。

第十二章　形ではなく想いで理解せよ！

皆さんが軽食を食べながら、私の話を聞いてくれる。正直なところ、葛城《かつらぎ》サマと城山《しろやま》サマに話す必要はないのだが、今日も追い出すのは気が引けるので話をすることにした。

私たちは平成生まれで、昭和のこと、ましてや戦前戦後のことは知識として知っているだけだ。しかし、フキさんの心の痛みは時代が違えども理解はできる。全てを話し終わった後、サラちゃんは泣いていた。私たち女の子にとってはとても辛《つら》い話だ。

「アタクシだって、全てを憎みますわ。そんなの、そんなの酷《ひど》すぎますわ！」

「フキさんは美しすぎたのです。それはフキさんにとって悲劇でしかなかったのでしょう。だからといって人を傷つけていいわけではありません。それとこれとは別の話ですわ。フキさんが罪を罪と認めない限り、本当の贖罪《しょくざい》はできないでしょう」

私はサラちゃんの手を握る。

「私は、大家さんのように人に優しい人間になりたいと思いました。辛い思いをしたからこそ、他の人には同じような思いはさせたくないし、優しくありたいですわ。サラちゃんだって辛い思いをしたことあるのではないですか？　理不尽な理由で嫉妬《しっと》されたことあるでしょう？　サラちゃんは家柄も美貌《びぼう》も優しい家族も全て持っていますもの。サラちゃんにはサラちゃんの苦しみがあるのに、そんなことお構いなしに。私も父に妬まれていました。父よりも優秀だという理由で」

サラちゃんは私をじっと見つめる。私はその可愛《かわい》らしい顔に目を細める。

「でも全ての人に優しくしたいと思うほど、お人よしではありませんのよ。やはり苦手な人は苦手ですし、嫌いな人は嫌いですもの」

私は私の幸せを追求するのだ。そう、いつか自分で稼げるようになったら田舎に住んでピアノを弾いて、そして給料で漫画を買うのだ。

「アタクシ、桜田優里亜《さくらだゆりあ》に成金じゃない沙羅《さら》様には分からないって初等部の時に言われましたわ。そう、あのイジメの主犯にさせられた時に。サロンメンバーなのに、成金というだけで周囲に軽く扱われる自分の気持ちなんて分からないって」

「そんなこと言われていたのですか。敬われないのは、どう考えてもあの方自身の問題だと思うのですが。そうとも知らず、私は軽々しくも桜田優里亜サマの言うところの悪役令嬢になってしまって、本当にごめんなさい」

「レイちゃんが謝ることではなくてよ。それに当時虐《いじ》められていた子に今更ではあるけれども謝罪したんですの。レイちゃんが入院している間のことですわ。許してもらえなくても謝罪すべきだと思いまして」

サラちゃんはにこっと笑う。

「そうしたら彼女、イジメのことを思い出したら腹は立つけれども随分と前のことだから気にしていないし、アタクシに対してはむしろ申し訳なく思っていたそうですの。アタクシがあのイジメの件以来、誰《だれ》とも親しくしなくなったからですって。彼女はアタクシがイジメを主導していたとは思っていませんでしたわ。イジメがあった最中でも、アタクシは彼女に会ったら必ず挨拶《あいさつ》はしていましたし、彼女のハンカチを拾って渡したこともあるから、アタクシがイジメをするとは思えなかったのですって。でも桜田優里亜がアタクシに言われて仕方なく虐めたと言ったから、そういうことになってしまって。アタクシが指示していないという証拠はありませんもの。早く謝罪をすべきでしたわ。そしてね、彼女は桜田優里亜からの謝罪がなかったことには今も怒りを感じてるんですって」

「桜田優里亜様は反省をなさるような方ではありませんもの」

私は葛城サマと城山サマの方を見る。

「葛城様、そういうことですので、桜田優里亜様のこと、どうぞよろしくお願いしますわね。解決方法はいたって簡単ですのよ。葛城様が桜田優里亜様の王子様になればいいのですから。お付き合いなさってくだされば、私は平和ですわ」

「なんで俺《おれ》が優里亜と付き合わなきゃいけないんだ」

「……私に謝罪なさりに来たのでしょう？　でしたら誠意を見せてください。ああ、そうだ城山サマもご一緒にお付き合いなさるとよろしいでしょう」

「誰、それ？」

皆の時が止まる。なんと城山サマは桜田優里亜サマを認識していなかったのだ。

「私は桜田優里亜様が嫌いですが、さすがに同情しますわ」

私がそう言うと、ソウ君が説明する。

「葛城さんの幼馴染《おさななじ》みの子だよ。サロンでいっつも葛城さんにくっついているよ」

「うーん、いたっけ？」

こんな薄ぼんやりした城山サマが本当にモテるのか不思議でならない。そのことをサラちゃんにそっと聞く。

「ええ、モテますのよ。アタクシも城山様がこんな方だとは知りませんでしたもの。のほほんとした綺麗《きれい》な男の子として以前はそこそこモテてましたわ。今はとてもモテるようになりましたのよ。学園の皆様の目は節穴ですわ」

「沙羅、それを言うならさ、葛城さんもだよ。なんでこんな人が人気あるのか全然分かんないよ。二人とも見た目と家柄がいいだけだよ？　中身こんなのだよ？」

「こらこら、二人とも。薫《かおる》もミハエルもいいところはある。例えば……なんだろう、いいところって」

サラちゃんもソウ君も万里小路《までのこうじ》様も酷い言いようである。さすがに可哀想《かわいそう》になって、私がフォローしようと口を挟む。

「煌《きら》びやかですわよ、皆さん。こうして集まっていると、本当に漫画の『有閑倶楽部』のメンバーみたいですもの。モテるのも納得ですわ。サラちゃんも読みましたでしょ？」

「ええ、読みましてよ。すごく面白かったわ！　確かにナポレオンパイ食べたくなりますわ！　アタクシは松竹梅魅録《しょうちくばいみろく》様が一番素敵だと思いますのよ」

サラちゃんはちょっと悪そうに見えるけれど、正義感が強くて喧嘩《けんか》にもメカにも強いお方が好みのようだ。しかしあの手の男子生徒は明聖《めいせい》学園にはいない。

「レイちゃんはどなたが好みですの？」

「男の方ではないのですが、黄桜可憐《きざくらかれん》様ですわ。あの努力は素晴らしいと思いますの。家事も完璧ですし。大人ですし」

私たちはまたもや二人で盛り上がる。話についていけるのは万里小路様だけだが、苦笑いをしていた。

「沙羅って相変わらずお子様だよね。沙羅はモテないから、現実世界で相手を見つけられないんだね」

「あらソウ君、聞き捨てなりませんわね。その発言、私にも喧嘩を売っているのと同じですわよ。さすがモテる方は違いますわね！　どうせ私はお付き合いなんてしたことありませんもの」

「あらあら、双樹《そうじゅ》。レイちゃんに嫌われましてよ。ここにいる方々には分からないでしょうけれど、アタクシたちは清らかな乙女ですの。ですから、現実の世界の恋なんてまだ必要ありませんわ」

その言葉を聞いた葛城サマが破顔する。

「それなら、俺と一緒だ！　俺も好きな人と結ばれたいと思ってるんだ！　だから、まだ清い体だ！」

「なっ⁉　アタクシが言った清らかな乙女とは純潔という意味ではなく、純粋という意味ですわ！　本当に葛城様ってデリカシーがありませんのね！」

ああ、どうでもいい情報を得てしまった。葛城サマは私たち側の人間だった。

「ボク知ってるよ、三十歳になったら魔法使いになれるんだ。でも、ボクはなれない」

城山サマは意味の分からないことを言う。いくらぼんやりしているとはいえ、この年になってまで魔法使いがいると信じているとは。

「城山様の言っている意味がまったく分かりませんわ。魔法使いなんて存在しませんのに」

「うむ。三十歳まで童貞だったら魔法使いになれるとミハエルは言いたいんだ。でも、俺はそんなつもりはない。愛する人と結ばれるからな！」

サラちゃんと私は白目をむいた。そんな宣言聞きたくなかった。

「お前たち、女性の前でそんな下品なことを言うな。もう帰れ」

またもや万里小路様は葛城サマと城山サマの首根っこを摑《つか》み玄関まで連れ出した。

「本当に葛城様と城山様がモテるなんて、世の中おかしいですわ。アタクシ、あの方々嫌いですわ！」

「それは同感です、サラちゃん。でも葛城様の言うことはいいと思いますの。フキさんのような悲しいことがなければ、私は結婚まではお互い純潔でありたいですわ」

私は性のことに関して潔癖である。『家畜人ヤプー』を読むのは抵抗はないが、自分の身のことになると別である。私は母のことがあって、どうしても婚前交渉を是とすることはできない。田丸《たまる》弁護士やモサドの田中《たなか》さんが語ってくれた父の話の中で、母はどうも性に奔放だったことが窺《うかが》えたのだ。時代背景もあるだろうが、私には理解できない。

葛城サマと城山サマを追い出した万里小路様は、思案顔で立ち上がり帰り支度をする。

「レイちゃんに沙羅さん、私はそろそろお暇《いとま》するよ。双樹も帰ろう」

「……うん、帰るよ」

私とサラちゃんが玄関先まで見送ると、くれぐれも用心するようにと注意をするので、過保護だとサラちゃんが頰《ほお》を膨らませる。

「過去は変えられないもんな……」

そんな呟《つぶや》きとともに万里小路様とソウ君は帰っていった。

第十二章
形ではなく想いで理解せよ！

さて、私はシャワーを浴びる準備をする。下着姿になってから、サラちゃんに手伝ってもらい防水のためにギプスカバーを着ける。

「あら、レイちゃんってナイスバディなのですわね。出るところは出て引っ込むところは引っ込んでいて、羨ましいですわ」

「そうかしら？　私は自分の体が好きではありませんわ。母に似ていてすごく嫌ですの」

私は顔はマリ様に瓜《うり》二つだが、体つきは母そっくりなのだ。あの母のスッポンポンの写真を見てからというもの、この体が好きになれない。私はシャワーを浴びながら、若い母の写真を思い出す。やはりあれは受け入れられない。同志ヨシオと付き合っていた時は、女版裸の大将だったからいやらしさがなかった。

「同志ヨシオはあの四十過ぎた母を愛していたのよね？」

思わず声に出てしまう。同志ヨシオのことを考えると急に恥ずかしくなった。お風呂から上がりパジャマに着替えて、白湯を飲む。のぼせてもないのに、のぼせたような感覚を覚える。そんな私を不思議そうに見ながら、サラちゃんも入浴してパジャマに着替えた。

これでパジャマパーティーを始められると思ったが、疲れもあり、早々に床に就く。しかし、私がベッドに、サラちゃんがお布団に入ってもお喋《しゃべ》りは続く。

「レイちゃん、そういえば今日は吉田《よしだ》様に付き添ってもらわなかったですわね。吉田様、何か大切な御用でもありましたの？」

「……私が断りましたの」

「どうしてですの？」

「ほら、先日『セーラー服と機関銃』をみんなで観たでしょう？　あの映画で目高《めだか》組の佐《さ》久間《くま》様が素敵だって話したのを覚えていますか？」

「ええ、勿論《もちろん》、覚えていましてよ」

「私、佐久間様の大人の色気にノックダウンされたのです。佐久間様の大人の色気が同志ヨシオと同じだと気づいてからは、同志ヨシオのことを考えると恥ずかしくなって。そんなくだらない理由で付き添ってもらうのを断りましたの」

暫《しば》らくの沈黙の後サラちゃんが思いもしない言葉を発する。

「……。レイちゃん、それは恋ですわ！」

「恋？　まさか！　私が同志ヨシオを好きになったというのですか？」

サラちゃんがむくっと起き上がって電気をつけたかと思ったら、私の顔をじっと見る。

「ええ、レイちゃんは吉田様に恋してますわ。だって顔が真っ赤ですもの。そして目が潤んで色っぽいですわ」

　私は火照った頬に手を当てた。

　確かに同志ヨシオのことを考えると、ドキドキする。会いたいけれども恥ずかしくて会えない。でも会いたい。

「これが恋ですのね……」

　私は同志ヨシオに恋をしたのだ。

「でも同志ヨシオは女性経験がありますし、離婚経験もありますわ。私が求めている条件とは違うんですのよ？　何故《なぜ》、同志ヨシオにこんなに惹《ひ》かれるのかしら？　どうしたらいいのかしら……」

「アタクシは誰がなんと言おうと、レイちゃんを応援しますわ！　だって吉田様は独身ですもの。なんの問題もありませんわ」

「でもすごく年齢が離れていますわ。私なんて子どもにしか見えません」

「フランスのマクロン大統領夫妻は、二十四歳差でしてよ！」

　サラちゃんが応援してくれると、私も年齢差なんて問題ないような気がしてきた。ただし私と同志ヨシオの年齢差は三十四歳である。

「そうですわよね。年齢差なんて関係ありませんわ。私だってあと数年したら大人になりますもの」

私たちは向き合って笑った。そしてようやく寝た頃には二十四時を回っていた。大映《だいえい》ドラマの『少女に何が起ったか』では川村《かわむら》刑事が二十四時になると薄汚ねぇシンデレラと主人公を呼び、ピアノの練習を妨害していたが、なんだかとても不思議なドラマだったことを思い出した。


それから私はギプスが取れるまで大人しくマンションで過ごすことになった。あまりに色々なことがあり過ぎて疲れたこともあり、基本的には漫画を読んだり、映画やドラマを観てのんびり過ごしている。サラちゃんは毎日遊びに来てくれるし、寂しくはなかった。

しかし、一つだけ大きな問題があった。同志ヨシオである。同志ヨシオは今までと同じく一人で私のマンションを訪ねる。彼自体はなんら変わりはない。変わったのは私だ。今日も同志ヨシオがお昼のお弁当を持ってきてくれた。有名な料亭の松花堂弁当だ。

同志ヨシオとテーブルを挟んで一緒に食べるのだが、恥ずかしくてお箸《はし》が上手《うま》く使えない。今まで意識していなかったのに、意識し始めるとどうしようもなくなる。

「ん？　どうした。ご飯が食べにくいなら食べさせてやるぞ。遠慮するな」

私は無言で首を横に振る。好きな人にご飯を食べさせてもらうなんて、恥ずかしい！

「一体どうしたんだ？　最近おかしいぞ。いつも黙り込んでしまって。何か新たな悩み事でもできたか？」

悩み事といえば悩み事である。同志ヨシオ、あなたに恋をしてしまいました。なんてことは言えるはずもなく、首を横に振るだけしかできない。好きな人と一緒にいて普通に振る舞える人ってすごいと思う。私にはとても無理。

同志ヨシオは何も喋れない私に優しい目を向け、母の思い出話をし始めた。惚気話《のろけ》である。今まではどんな話を聞いても気にならなかったのに、今では母に嫉妬している。母はずるい！　同志ヨシオに愛されて。

「同志ヨシオは、母の心だけでなく容姿も好きだったのですか？」

思いきって聞いてみた。すると同志ヨシオは目を閉じて何かを思い出しているようだ。

「ああ、瑠璃子《るりこ》は可愛かった。元々は内面なんて関係なく見た目が好みだったから親しくなったんだ。そして付き合ううちに、俺の傷ついた心を癒やしてくれて、かけがえのない女になった」

なんということだろう！　あの女版裸の大将の母が好みなのか！

「母の身長と体重は？」

私の唐突な質問に少し驚きつつも同志ヨシオは、答えてくれる。

「5・1フィートで170ポンドだ」

身長百五十六センチメートル、体重七十七キログラム！　同志ヨシオがよく覚えていることにも驚く。同志ヨシオの好みになるには少なくとも三十キログラムは太らないといけないのか！　増量を十キログラム／月としても三ヶ月はかかる。ということは今より一日の摂取カロリーを二千三百キロカロリー以上多く取る必要がある。つまり一日でおおよそ四千キロカロリー分の飲食をしなければならない。私はため息をついてしまった。

「どうしたんだ？　麗子」

「な、なんでもありませんわ！　そ、そういえば、モサドの田中《たなか》さんはその後いかがでしょうか？　私は田丸弁護士としか連絡を取ってませんので。喪失感でおかしくなっていませんか？」

「俺も連絡を取っていないいんだ」

「大丈夫でしょうか。私、モサドの田中さんにはお世話になっていましたし。田中さんのお陰《かげ》でマタギになれるかもしれませんの」

山でマタギとして同志ヨシオと暮らす……想像しただけで恥ずかしい！　でもすごく素敵だわ！

「麗子《れいこ》、何を言っているんだ？」

「なんでもありませんわ！」

明日で腕のギプスが取れる。ギプスが取れたら再び父の元に行くつもりだ。あれから大家さんとは連絡を取り続けている。大家さんはそろそろ退院ができるらしいが、息子さん宅に身を寄せることは考えていないようだ。ただでさえ息子が闘病中でお嫁さんに面倒をかけているのに、自分まで面倒を見てもらうわけにはいかないと。花丘町《はなおかちょう》の近くにあるグループホームに入るつもりらしい。

一条《いちじょう》総合病院で腕のギプスを取ってもらい洗浄してもらう。その足で父と大家さんの入院する病院へ向かった。同志ヨシオとドライブデートである。凄く恥ずかしい！　どうしたら普通に接することができるのだろうか。

「緊張しているのか、麗子？」

しているに決まっている。好きな人とドライブで緊張しない人なんているのだろうか。

「はい」

そう答えると、同志ヨシオはフォークソングを流す。また母の好きな曲だ。ＰＰＭの『Puff, the Magic Dragon』。嫌いではないが、母を愛した人と一緒に母が好きだった曲を聴くのは嫌だ。この時間は私のものだ。母のものではない。

「曲を変えても構いませんか？　同志ヨシオの好きな曲が聴きたいです」

「そういえば瑠璃子と出会ってからは彼女の好きな曲しか聴いてないな」

ということはずっとフォークソングを聴いていたわけか。

「母と出会う前に好きだった曲を流してください」

「どうしたんだ？　別に構わないが」

するとオアシスの『Be Here Now』という曲が流れてきた。ああ、同志ヨシオが普通の人に見える！　この曲は私の記念の曲にするわ！　初デートの曲よ！　私が機嫌よくしていると、同志ヨシオが微笑《ほほえ》み、色っぽい大人の色気を振りまく。私が入院中に同志ヨシオが病室にいると医療関係者の方がよく出入りしてたが、納得である。渋いイケメンなのだ。ちょっと母が好きすぎておかしいところはあるが、それも私にとってはチャームポイントにしかならない。あばたもえくぼではない。本当に愛《いと》おしいと思う。同時に母には嫉妬してしまう。

「さあ、着いたぞ」

病院に着くと、私はまずは大家さんのところに向かう。電話で毎日話をしていたので互いの状況は分かっている。大家さんはすっかり顔色も良くなった。私たちは電話で沢山の話をしたのだ。時には懐かしさで泣きながら。

モサドの田中さんのこと、インターポール山本《やまもと》さんのこと。

そしてスナック明美《あけみ》。娘さんが開いていたオーガニックカフェからまたスナックになるそうだ。明美ママだけでなく娘さんの雲母《きらら》さんも一緒らしい。これで行き場を失った紙パックのお酒を飲むおじさんは、幸せになるだろう。この情報は大家さんが花丘町で親しくしていた隣組の人たちに教えて貰《もら》ったらしい。ちなみにマリ様たちは当然のごとく隣組には入っていなかった。

「大家さん、もう退院するんでしょう？　そろそろ父に会いに行きませんか？　私と一緒に」

「麗子ちゃん、よかと？　透《とおる》さんのことば許しておらんとやろ？」

「ええ、許しはしていませんよ。報復はきっちりとしますわ」

「麗子ちゃん！　お願いだけん、そがんことせんで」

私は微笑んだ。

「私の復讐は私が幸せになることですの。きっと父は悔しがりますわ」

「そいなら大歓迎だわ」

私たちは笑い合う。それから私たちは父に会いに行った。

父の部屋の前まで来ると、そこには先ほど着いたという田丸弁護士もいた。大家さんは髪の毛を整え始める。その姿は恋する乙女だった。今の私には痛いほどその気持ちが分かる。好きな人には美しい姿を見てほしいのだ。

大家さんがノックをして、声をかけた。

「透さん、節《せつ》です」

その瞬間、ガタガタと音がし、ドアが勢いよく開く。

「節？　節なのか⁉　会いたかった！」

父は節さんを抱きしめた。そして愛おしそうな表情をして節さんの頬《ほお》に優しく触れ、おでこにキスをする。

隣にいる私を無視して。

「透さん、私も会いたかったとよ！　でもね麗子ちゃんのことを考えると、どうしても会えんかった」

「麗子……？」

ようやく父は私の方を見る。

「ああ、麗子か……」

どうやら父は私のことを娘と認識したようだ。大家さん効果だろうか。愛の力は凄い。

「私は見舞いではなく、あなたに真実を伝えに来ました。まずは大家さんに酷い仕打ちをしたのは、マリ様ではなくフキさんです。フキさんの独断でした。フキさんはマリ様の愛を誰よりも欲して、狂ってしまっていたのです。その結果、あなたは大家さんを失ったのですわ。その程度のこと、ちゃんと調べてください。脇《わき》が甘すぎますわ！　そもそもマリ様にそんな能力も興味もありません。ご存じでしょう？　マリ様は正真正銘のピアノ馬鹿ですもの。ああそうでしたわね、モサドの田中さんに監視させていたのでしたよね。私が竹尺で叩《たた》かれて、厳しい教育を受けていたこともご存じだったのでしょう？」

私は一気にまくし立てた。一方の父は重要な事実を知り、呆然《ぼうぜん》としていた。

「麗子、お母様は関係していなかったと。それは本当なのか？」

「本当です。あなたは始めから九条院《くじょういん》家なんて捨てて大家さんと逃げてしまえばよかったのです。ボンボンだったからできなかったのですか？　ああ、確かにあほボンボンといった感じですものね。苦労知らずのあほボンボン。それともマリ様に愛されたくて九条院家に拘《こだわ》っていたのですか？　ふふ、本当に嫌悪しかありませんが、私とあなたは似てますのね。私はフキさんに愛を求めていましたわ。もう二度と求めはしませんけれども。でも今も好きですのよ。大家さんを傷つけた人なのに」

感情をコントロールする事がどんなに難しいかを知った。どうにもならない物なのだ。

父は愕然《がくぜん》としていた。

「僕のしていたことは、僕の人生は一体なんだったんだ……」

そう呟《つぶや》くと、大家さんは父の手を握りしめた。

「過ぎたことば仕方なか。ばってん私は透さんば好いとうとよ。どがん透さんでも」

私はその姿を見て、二人から決別することにした。私には私の道がある。

1

翌日から、ピアノに触れたいがために学園に復帰した。

マンションは学園の正門から出て徒歩三分のところに位置するため、通学に問題ない。

久しぶりの学園だ！　といっても、あと二日で夏休みである。今日は授業には出ず、別室で期末テストを受ける。そして放課後にピアノを弾く予定だ。久しぶりに自由になった左手は動きが悪いが、痛みやしびれはなく、しばらくしたら元通りになるだろう。

学園の門を通り校舎に向かう。この学園に入ってから色んな事があったなと感慨深くなる。

そうそう、桜田優里亜サマに後ろからタックルされて、悪役令嬢になって。

懐かしい……わけがない。今は怒りを感じる。桜田優里亜サマはマリ様の認知症とは違って中二病だった。私はあまりにも世間知らずだった。しかし今の私は違う。スマホという最強の武器があるのだ。情報は武器だ！

あと少しで校舎というところで、結城《ゆうき》美羽《みう》サンと小鳥遊《たかなし》サマのイチャイチャカップルが視界に入ってきた。やたらとゆっくり歩いている。互いに触れ合って。彼らに気付《づ》かれないように校舎に入ろうとしたが、挨拶をされてしまった。

「九条院さん、おはよう」

初めに声をかけてきたのは小鳥遊サマだ。ヤンキーのような言葉遣いをしない彼は爽《さわ》やかに見える。

「おはようございます」

私が挨拶を返すと、隣にいる結城美羽サンもやや遅れて挨拶をする。

「あ、あのね、何か困ったことがあったら手伝うからね。なんでも言ってね、九条院さん」

「お気遣い痛み入りますわ」

さっさと会話を切り上げてこの場を去ろうとすると、更なる敵が現れた！

「九条院麗子！　あなたやっぱり悪役令嬢だったのね！　転生チートでざまぁをしようとしたでしょ？　でも失敗して、ヒロインはハッピーエンドで悪役令嬢はバッドエンド。結城さん、分かった？　ここは乙女ゲームの世界なの。あなたはヒロインで攻略対象の小鳥遊様とハッピーエンドを迎えたから、悪役令嬢の九条院麗子は家をなくして大怪我《けが》をしたの。タイミング的にも合うでしょ」

葛城サマは桜田優里亜に対してなんの対策もしていなかった！　あんなに堂々と宣言したのに。私は心の中では彼女に敬称を付けないことにした。付ける価値もない人間だ。私が呆《あき》れていると、ヒロインと呼ばれた結城美羽サンが大きな声で桜田優里亜に噛《か》みつく。

「桜田様！　酷いと思います！　怖い思いをして怪我をしたのに。前に九条院さんのこと悪役令嬢でヤバい人って言ってたけど、全然違ったよ！　大体、桜田様の言ってること意味分かんないよ！」

「桜田、お前最低だな！」

このカップルは短慮ですぐに義憤に駆られる。面倒臭くなってこの場を離れようとしたら、今度は葛城サマと城山サマの登場である。今日は一日の始まりが濃い。濃すぎる！

「優里亜！　まだお前はそんな馬鹿なことを言っているのか。あれほどゲームの世界じゃないって説明しただろ？　お前は馬鹿か！」

ここは葛城サマに任せて、今度こそ去ろうした。しかし目の前には城山サマがいた。

「九条院麗子。ピアノ聴かせて」

壊れた人形だろうか、城山サマは。基本的に同じことしか言わない。

「城山様、私もう教室に行きたいのです。今日は試験もありますし。だから失礼しますわ」

私が漸くうるさい集団から遠ざかろうとした時に、後ろから吹く風に乗っていい匂《にお》いがする。サラちゃんの匂いである！　振り向くと、そこにはサラちゃんとソウ君がいた。

「サラちゃん！」

「レイちゃん、これはどういう状況ですの？」

私は簡単に説明をした。するとサラちゃんとソウ君は怒りをあらわにする。

「さすがに看過できませんわ！」

「うん、速攻でサクラダオンラインを潰《つぶ》すよ」

「サラちゃんもソウ君もありがとうございます。でもサクラダオンラインの社員の方は関係ないので、会社は潰さないでください。とにかく彼女とは今後一切関わりたくありません。だから、この場から一刻も早く立ち去りたいんです」

「分かったよ。じゃあ、とっとと教室へ向かおう」

「ありがとうございます、ソウ君」

「……」

私の言葉が聞こえているはずなのに、ソウ君は何も言わない。どうしたのかと顔を見ても、逆光でソウ君の表情はよく分からない。

桜田優里亜に怒っているのだろうか？　葛城サマに怒っているのだろうか？

「本郷《ほんごう》弟、顔が赤いよ」

そう指摘したのは城山サマだった。まだ朝だが熱中症になる可能性は十分ある。

「ソウ君、早く保健室に行きましょう。熱中症を甘く見ると命を落とすこともありましてよ」

「レイちゃん、双樹は大丈夫ですわよ」

「とにかく保健室に行って先生に診ていただきましょう。何もなければそれはそれでいいのですし」

ごねる二人を説得して保健室に行くことにした。

「本当になんでもないのにさ」

「ソウ君、無理しているのではありませんか？　やっぱり顔が赤いですもの」

校舎に入ってソウ君の顔を見るとやはり赤い。

「ボク分かるよ！」

何故か一緒についてきた城山サマ。何が分かると言うのだろうか？　城山サマは圧倒的に言葉が足りなさすぎる。

「城山様は葛城様とご一緒しなくてもいいのですか？」

「ボク騒音嫌い」

確かにあそこは騒がしかった。

「それで、何がお分かりになってますの？」

城山サマは笑顔で答えた。

「九条院麗子がエロい顔してるから！」

私は絶句した。人の顔をエロいと表現するなんて失礼にも程がある。せめて色気があると言ってほしい。……色気といえば同志ヨシオ。考えただけで体中が火照る。これから夏本番だというのに大丈夫だろうか。心因的なことで熱中症になることはあるのだろうか。もしあり得るなら大変だ！

「城山様、レイちゃんを恥ずかしがらせないでくださいまし。双樹よりレイちゃんの方が顔が真っ赤になっていますわ」

「サラちゃん、やめてください。恥ずかしいですわ」

私は顔を手で覆う。ああ、同志ヨシオ、同志ヨシオ！　脳内が同志ヨシオだらけだ。

「九条院麗子、エロい」

城山サマがまた発言する。日本語をちゃんと学んだ方がいいと思う。

「確かにレイちゃんは、女のアタクシから見ても色っぽいですわ。恋の力は偉大ですわね」

「沙羅《さら》、それどういうことさ⁉」

「そういうことですの。双樹、残念でしたわね。でもこれ以上は教えませんわ。邪魔だけはしないでちょうだいな。私はレイちゃんの味方ですもの」

とにもかくにもソウ君を保健室に連れて行くことにした。先ほどまで赤かった顔が今では青ざめているのだ。もしかしたら他の病気かもしれない。

ソウ君が私の付き添いは必要ないと言うので、そのまま教室に向かう。病気ならばデリケートな問題を孕《はら》むこともあるから素直に従った。しかしサラちゃんも付き添わないので不思議に思って聞いてみる。

「サラちゃん、ソウ君に付き添わなくてもいいのですか？」

「双樹の患っている病にはつける薬はないんですの」

「そうなのですか……。早く良くなるといいですわね」

私はソウ君の病気が良くなることを祈った。

2

教室でのホームルームの後、テストを受けるため私だけ別室に移動した。

試験会場はなんと職員室である。私一人のために監視を付けるのは合理的ではないので納得の場所だ。職員室の端の方に机と椅子《いす》を用意してもらってテストを受ける。特に難しい問題はなく、三時間目までに全ての教科のテストを受け終えた。これは解答し終わったら時間を待たずに次の教科のテストを受けることを許可してもらえたからである。先生方の配慮に感謝だ。このテスト結果さえ良ければ、また特待生としてこの学園に通える。手ごたえは十分あった。

テストを終え、教室に向かう。四限目に間に合うので授業を受けるつもりだ。

久しぶりに入った教室は以前と何かが違った。モサドの田中さんは、違和感を覚えた時は細心の注意を払い徹底的に調べろと私に教えたが、教室内で物騒なことは起きないはずだ。そのモサドの田中さんは現在行方不明である。一体どこに行ってしまったのだろうか。

思案するまでもなく、すぐにその理由は分かった。内部生や外部生、そして特待生が以前と異なり互いに壁を作らなくなっているのだ。

もちろん友だちのグループというのは変わらないようだが、それでもみんなは互いに互いを認め合っている。

以前葛城サマがベン図を描いてくれたが、ちょうどそんな感じである。内部生、外部生、特待生の三つの輪が重なり合っているのだ。

以前は三つの輪がバラバラで、オイラー図だった。

「レイちゃん！」

「九条院さん！」

サラちゃんや木本《きもと》さんが私に気付《づ》き、こちらにやってくる。

「復学おめでとう！」

「木本さん、ありがとうございます。入院中、お見舞いに来てくださって、本当に嬉しかったです。そして、うまい棒は神ですわね！」

「レイちゃんはうまい棒が好きですのね。アタクシはモロッコヨーグルと、梅ジャムが一押しですわ」

サラちゃんがそう言うと、吉牛《よしぎゅう》コピペの歴史を教えてくれた外部生の井上《いのうえ》君が言いにくそうにサラちゃんに伝える。

「本郷様、あの梅ジャムは既に製造が終わってるんだ。見舞いに持っていったのは親父のストックを勝手にとってきたものなんだよ」

「ええ……!?　なんですって。まさかもう食べられませんの？」

「そうなんだ。梅ジャム作ってたおじいさんが引退して、レシピも譲渡しないって宣言してて」

「梅ジャム……。一期一会《いちごいちえ》とはこういうことですのね。井上君、お父様に謝ってくださいませね。でもアタクシに梅ジャムと出会わせてくださって感謝しますわ」

井上君はサラちゃんの可愛らしい笑顔に魂を抜かれたようだ。ふふ、可愛いもの、私の親友は！

「吉牛はレイちゃんが完全に回復してからにしましょうね。夏休み明けでよろしいかしら？」

「ええ！」

その後、古典の授業が始まる。万葉集だ。

「信濃なる　千曲の川の　さざれ石も　君し踏みてば　玉と拾はむ」

ズッキューンと来た！　今までは特になんとも思わなかった和歌である。恋を知って理解できることがなんと多いことか。

そうよ、同志ヨシオが踏んだらただの石っころも私にとっては玉だわ！　ああ、四六時中同志ヨシオが頭から離れない。私、彼が肌身離さず持つナイフになりたいわ。キャッ、バカなことを考えてしまって恥ずかしい。ああ、脳内がお花畑とはこんな状況をいうのね。

授業が終わり、食堂へ向かう。サラちゃんはサロンのカフェも利用しているが、木本さんたちや内部生たちとともに食堂へも行くようになった。結構な大所帯なので、席がバラバラになることもよくあるが、それはそれでいいらしい。あまり会話したことのない人たちと親しくなる機会になるからだとサラちゃんは言う。

今日は運良く席が空いていて、皆さん一緒のテーブルにつくことができた。私は牛丼を食べることにした。牛丼屋に行ったことのある井上君や上田《うえだ》君に牛丼を一緒に頼んでもらった。理由は、牛丼を食べる作法を学ぶためである。井上君と上田君は快諾してくれた。優しい人たちだ！

みんなそれぞれテーブルにつく。ちなみにソウ君は早退したとのこと。サラちゃんは問題ないと軽く言うが、本当だろうか？　お見舞いに行ってもいいかと尋ねると、そっとしておいてあげてと返されたが、心配だ。

さて、今、皆さんが話しているのは夏休みの予定についてである。元気な木本さんがサラちゃんに話しかける。

「本郷様はどっか行くの？　私は田舎の曾祖父母の家に行くくらいだよ。田舎でぼっとん便所で五右衛門風呂なんだ。近くに住む祖父母が世話をしているんだけどね、祖父母も年だから、私がバイト代わりに夏休みは世話をすることになってんの」

なんと、五右衛門風呂！　一度入ってみたい風呂である。本で入り方も学んでいる。お湯が優しくて体が芯から温まるとか。恐らく薪《まき》で熱した後の余熱とお湯の対流によって冷めにくいのだろう。

「あら、素敵ですわ！　五右衛門風呂はロマンがありますわ！　さすがに薪を使って直火《じかび》で温めてはいませんわよね？　お年寄りには負担が大きいですもの。五右衛門風呂用バーナーをご利用なのでしょうか？」

「ええ？　分かんないよ！　なんか九条院さん食いつきが凄《すご》いよね」

「ごめんなさい、私お風呂が好きですの。五右衛門風呂も憧《あこが》れますが、ドラム缶風呂も憧れです。いつかドラム缶風呂を自作するのが夢ですの！」

「ドラム缶風呂って何？」

「ドラム缶に水をはって、底を薪を燃やして熱するお風呂ですわ。外で使用しますの」

私がそう話すと何故《なぜ》だか、しーんとしてしまった。

「あのさ、九条院さん、それってヤバいと思うんだけど。こんな私でさえ痴漢に遭うんだよ？　九条院さんが外で裸で風呂に入るなんてヤバいと思うよ」

「では、監視カメラを設置した方がいいですわね。見えないようについ立てを自作するのも素敵ですわ！」

夢は広がる。

「いや、九条院さん、上空の監視は？　ドローンで盗撮される可能性があるよ」

吉野家《よしのや》コピペの井上君がもっともなことを言う。ドローンまでは考えていなかった。迂《う》闊《かつ》である。

「確かにそうですわね。対抗策としてジャミングを検討した方がよろしいですわね」

そんな会話をしながら、私は井上君や上田君が牛丼を食べる姿を見る。ハードルが高くて無理だった。染み付いてしまった作法。そんなことを呟いていると、彼らは真似する必要はないと言う。どんな食べ方でもいいのだと、美味《おい》しく食べられるのが一番だと言った。

「気負わずに吉野家に行きますわ！　私は初心者ですが、好きなように食べましてよ！」

楽しい昼食も、久しぶりの授業も終わった放課後、私は一人ピアノ室へ向かう。私が使用するピアノはスタインウェイM-170である。やはり調律は完璧だった。この学園には音楽科なんてないのに贅沢《ぜいたく》である。音楽科があれば学業は最低限にしてピアノを弾けるのに。そんなことを考えながら鍵盤《けんばん》に触れると、すぐに頭の中は音だけで満たされ、余計なことは考えられなくなる。

そしてピアノに夢中になり過ぎて、生徒会が終わったサラちゃんと万里小路様が心配してピアノ室に入ってきた。気づいたらもう八時だった。四時間ほど弾いていたことになる。

今日は左手に急に負担をかけないように、ゆっくりとゆっくりと指を慣らしただけである。それでも幸せだった。すごく幸せだった。込み上げる感動を抑えきれずに、涙ぐんでしまったほどだ。マリ様は再起不能からピアノを弾けるようになった時、私以上に幸福感に満たされただろう。

マリ様が演奏活動をしなかったのは、する必要がなかったからだと今では思っている。完璧主義だから演奏活動をしなかったわけではない。ピアノを聴かせるために弾かなくなっただけだ。誰にも邪魔されずに演奏がしたかっただけだ。ピアノを弾くためだけに弾いていたのだ。

今ならそれが分かる。私は愚かだから自分が経験しなかったら、一生マリ様の気持ちは分からなかっただろう。

ピアノ室を出てサラちゃんと万里小路様と一緒に帰宅する。

「レイちゃん、小鳥遊から聞いたよ。また桜田さんに酷いことを言われたんだって？　あれだけ大口叩いておきながら、薫《かおる》はなんの解決もできなかったわけだ。薫には桜田さんの監視をさせることにしたよ。彼女がおかしなことを言わないようにね。だから学園にいる間は大丈夫だ」

「ありがとうございます、万里小路様。これで安心して学園に通えますわ。できたら夏休みが明けても監視を続けていいてほしいのですが、それは流石に無理ですわよね」

「レイちゃんがそう望むならば、薫に引き続き監視をさせるよ」

万里小路様が麗しい顔で微笑む。

「レイちゃん、よかったですわね！ これで桜田優里亜に迷惑をかけられませんわ！ ついでに葛城様にも。アタクシ、本当に許せませんの！ レイちゃんの怒った顔と泣いた顔が好きだからって、わざとあんなことしてたのでしょう？」

「沙羅さん、それは違うよ。薫はわざとしているわけではないんだ。レイちゃんに対してだけは理性が働かなくなって、本能で動いてしまうようだ。薫はあれでも仮面を被《かぶ》って優秀な生徒として学園生活を送っている。今まで薫の気の置けない友だちはミハエルだけだったんだよ。でも君たちと知り合って、すごく楽しそうな顔を見せるようになった。ありがとう。でもそれとこれとは別だ。あいつには躾《しつけ》が必要だと思ってるよ」

万里小路様があの美しくて冷たい笑顔を浮かべる。あの怖い顔である。

「学園の皆さんが葛城様に憧れたり慕うのは、そういう葛城様の努力あってのことでしたのね。少しだけ見直しました。できたら、私にもその仮面を被って接してほしいところですけれども」

「アタクシは、以前の葛城様を覚えていましてよ。確かに強引な感じでしたが品はありましたわ。あれは努力していたのですね。レイちゃんの言う通り、アタクシたちに対しても仮面を被ってていただけないかしら？」

万里小路様が苦笑いをする。

「ああ、それは無理だな。薫は一度認めた人間には態度を変えないんだ」

「まあ。では私は一生葛城様には紳士的な振る舞いをしてもらえないということですのね。でしたら葛城様とはできるだけご一緒しないようにしますわ。もちろん感謝をしていることもありますの。でも葛城様のせいで桜田優里亜様に絡まれたり、サンドイッチを食べそこなったりであまりいい思い出がありませんわ」

夜遅いということで学園を出てからマンションまで送ってもらう。たった三分の距離だからと断ったが、危ないからと万里小路様だけではなくサラちゃんにも言われて厚意に甘える。マンションのエントランスまでではなく部屋の前まで送ってもらったので、お茶でもと思ったが、さすがにもう遅い時間なのでお礼だけ言った。サラちゃんは万里小路様が車まで送ってくれるだろう。お似合いな気がするが、サラちゃんの好みは『有閑倶楽部』の松竹梅魅録《しょうちくばいみろく》様である。ワイルドな感じが必要なのだ。万里小路様は『有閑倶楽部』でいうところの菊正宗清四郎《きくまさむねせいしろう》様だと思う。どちらも素敵だが、私は同志ヨシオに夢中だ！

明日も学校があるので、ささっとご飯を食べて風呂に入り、寝る準備をする。小さなユニットバスに浸かりながら五右衛門風呂やドラム缶風呂に思いを馳《は》せる。温泉にも行ってみたい。そもそも私は旅行をしたことがないのだ。恐らく人生初の旅行は京都になるだろう。マリ様の納骨だ。

翌日、私は昨日と同じように一人でのんびり学園へ向かうが体が非常に重く気持ち悪い。朝食を食べ過ぎたのだ。同志ヨシオが好む体系になるべく、今日から一日で四千キロカロリー分の食事を取ることにし、一日の摂取目標の三割にあたる千二百キロカロリーを菓子パンで取った。最初は簡単だと思ったが、見込みが甘かった！　とにかく気持ちが悪い。こんなことで母のような体形になれるのだろうか。

吐きそうになりながら学園に着く。今日は授業はなく講堂で行われる終業式のみで、明日からは夏休みである。

講堂では桜田優里亜と鉢合わせない様に、サラちゃんだけでなくクラスメイト達も気を遣ってくれた。桜田優里亜は学園で悪い意味で有名になりつつある。このままではサロンメンバーから外されるのではないかともっぱらの噂《うわさ》だ。ちなみにソウ君は今日も休み。大丈夫だろうか？　サラちゃんがそっとしておいてあげてと言うので、お見舞いはできない。

それにしても不可解である。既に桜田優里亜の脳内乙女ゲームは終わっているはずだ。ヒロインは攻略対象と結ばれたのだから。何故今も彼女の脳内ではゲームが続行しているのだろうか。気にはなるが、もう接触したくないので放置する。本当に四月の自分を叱《しか》り飛ばしたい。どうしてマリ様と同じだと思ったのだろうか。マリ様は病気だった。本人ではどうすることもできない病気だ。一方の桜田優里亜は単なる中二病だ。

過去のことを悔いても仕方ないので、とにかく桜田優里亜と接触せずに平穏な学園生活を送ろう。今度こそは葛城サマがどうにかしてくれるだろう。

終業式が終わり、サラちゃんは生徒会へ、私はピアノ室へ向かう。お昼ご飯になったらサラちゃんがピアノ室まで迎えに来てくれることになっている。私はピアノのことになると集中しすぎて時間を忘れてしまう。こんなに集中できるのはピアノだけだ。ピアノが弾けるだけで幸せだ。ああ、本当に幸せだ。

お昼時になったのだろう、サラちゃんと万里小路様がピアノ室まで迎えに来てくれた。

「今日はサロンのカフェでゆっくり食べたいのだけれども、いいかしら？」

「ええ。沢山おにぎりを作ってきましたの」

昼ご飯は千三百キロカロリー取らねばならない。頑張らなければ……。

食事前にこんなに憂鬱《ゆううつ》になったのは生まれて初めてである。母がもう少し痩せてくれていたらと少し憎くなるのだった。

三人でカフェに行くと、いつもより閑散としていた。今日が終業式だからだろう。

窓際の席に着くと、私は持参した大量のおにぎりを詰めた網代《あじろ》編みのお弁当箱を開ける。

昼食でこれを全て食べなければならない。しかしどう考えても無理である。気持ちが悪いのだ。

……やっぱり無理だ。泣きそうだ。どうしたら食べられるのだろうか。

「レイちゃん、どうかしまして？」

「サラちゃん、このおにぎりが食べられないんですの。気持ち悪くて……。私、理想のスタイルになりたいって話しましたでしょう？　それで今日から頑張ることにしたんですの。今朝は菓子パンを食べましたわ。クリーム入り巨大メロンパンを一つ。量が多すぎて今も気持ち悪くてお昼ご飯を食べられませんの。このままではおにぎりが無駄になってしまいますわ……」

不思議そうな顔をした万里小路様がなんのことか尋ねてくる。好きな人ができたことは伏せて、最低でも三十キログラムは太らなければならないことを告げた。

「よく分からないな。太る必要なんてないよ。今のままで十分素敵だよ。じゃあ、おにぎりは私がいただこうかな」

「おにぎりが無駄にならなくてありがたいです」

「アタクシも食べますわ！」

サラちゃんと万里小路様が私のおにぎりを食べてくれるという。お米が無駄にならずよかった。万里小路様がウェイターを呼んで飲み物だけ注文する。私の分も頼んでくれた。

おにぎりを食べる万里小路様の所作は非常に美しい。マリ様を彷彿《ほうふつ》とさせ懐かしい気持ちになる。

「万里小路様は、やはり梅子《うめこ》様に躾《しつ》けられましたの？」

「はは、分かるかい？　そうだよ、祖母が私を躾けたんだ。すごく厳しくてね。できなかったら食事抜きなんて当たり前で。食事抜きはさすがに堪《こた》えるから否応《いやおう》なく身につけたというわけ」

「ふふ。なんだかすごく懐かしい気持ちになります」

私は冷たいアールグレイを一口飲む。胃が重い。

「そういえば、今日で生徒会を正式に引退するのですよね。お疲れ様でした。初めて万里小路様を見たのは、入学式の祝辞を述べるために壇上に立たれた時でしたわ。王子様みたいで素敵でした」

「レイちゃん、そんなこと言ったら万里小路様が勘違いしましてよ」

「ああ、万里小路様が困りますわね。違いますのよ、万里小路様。好きとかではなくて本当に素敵だと褒めたかったのです。ほら万里小路様も好きな方がいらっしゃるのでしょう？　私、ご迷惑をおかけするようなことはしませんから、どうぞご安心くださいませ」

万里小路様には好きな女性がいるのに、他の女がまとわりついていたら勘違いされてしまう。私は考えが足りなかった。もし同志ヨシオに女性がまとわりついていたら、凄く面白くない。

「……もって、レイちゃんも好きな人ができたのかな？」

「え？　ええ？　口が滑ってしまいましたわ！　どうしましょう、サラちゃん！　私、恥ずかしい」

私は顔が火照るのを感じる。恥ずかしい。これは恥ずかしい！

「そういうことですの、万里小路様。邪魔はなさらないでくださいね」

「沙羅《さら》さんは相手が誰《だれ》か知っているのかな？」

「もちろんですわ。そして応援してますの」

何故だかサラちゃんと万里小路様が互いに不敵な笑みを浮かべている。

「ねえレイちゃん、私の恋も応援してくれるかな？」

万里小路様の恋か。人妻ではなかったので応援できる。

「もちろんです。私にできることがあればおっしゃってくださいね」

私たちは食事を終え、カフェを後にした。サラちゃんは生徒会室へ、万里小路様は図書館へ、そして私はピアノ室にそれぞれ向かう。

今日も昨日と同じピアノ室を使う。空調も整っていて最高の環境なのだが、やはり花丘《はなおか》町《ちょう》のあのピアノが懐かしい。こんなことなら売りに出しておけばよかったと思う。

ゆっくりとゆっくりと左手を慣らす。昨日の練習で既に筋肉痛なのだ。ある程度覚悟はしていたが、筋肉痛になるとは。それでも鍵盤に触れられて嬉しい。

明日から夏休みだが、私は学園のピアノを借りて毎日弾く予定である。これは私が九条院重一郎《じゅういちろう》と白鷺《しらさぎ》マリの孫であるから許可がおりたとのことだ。その話を聞いた際に、私にこの学園の入試の手続きをしてくれたのが田丸《たまる》弁護士であったことを知った。田丸弁護士は私の置かれている状況を黙って見過ごせなくなったらしく、私がこの学園を受けられるように手筈《てはず》を整えた後に中学校の先生に掛け合ったのだ。あの長い金髪と革ジャンと革のパンツで。恐らく中学校の先生も信用できなかったのではなかろうか。見た目は大事である。もちろん見た目だけではないことは知っているが、やはり見た目は大事なのだ。だから私は太ろうと努力をしている。

また、特待生の特別講習も試験結果が考慮され免除された。

この恵まれた環境で私はピアノを弾く。

マリ様が亡くなって半年が経《た》つ。マリ様は認知症が進んでもピアノだけは完璧だった。一月の終わりの寒い朝、ベッドで眠っているように亡くなっていた。穏やかな顔をしていたように思える。ただフキさんの動揺が激しくて、そちらに注意がいってしまった。もっとゆっくりとマリ様の死を悼みたかった。

今日は夕方にサラちゃんが迎えに来た。明日から夏休みということもあって、うちに泊まるのだ。サラちゃんは生徒会の仕事で夏休みが始まっても一週間程度は学園に通わなければならないらしい。生徒会の仕事をするのは初めてなので覚えることが沢山あるのだそう。大変だと愚痴を言うが、その顔は楽しそうに見える。

最終章

夏休みが始まって私はピアノ三昧の日々だ。しかし、あの花丘町《はなおかちょう》のピアノが懐かしい。もう一度弾きたいと思ってしまう。

その日、サラちゃんは用事があって学園に来ておらず、私は一人で商店街をぶらぶらしていた。借り上げマンションは光熱費も学園が負担してくれるので、今までよりも生活に余裕がある。そこで私は巷《ちまた》で噂《うわさ》になっている衣料量販店に行った。

この店には安価で可愛《かわい》い服が沢山売られている。しかし今、私の手の中にあるのは、白いタンクトップ一枚と、ベージュのショートパンツ一着である。そう、私の母が同志ヨシオと付き合っていた時の格好である。

タンクトップは試着できないのでそのまま、ショートパンツだけは試着したが、非常に心もとない。スースーする。私は体育でも長袖長《ながそで》ズボンなのだ。長年のフキさんの教育で脚を出すなんてみっともないと育てられたせいである。でも今は自由だ。

自宅に戻り、シャワーを浴びた後、さっそく今日買った服を着る。

母は下着をつけずにタンクトップを着ていた。しかも色は白だ。そしてベージュのショートパンツ。

姿見の前に立って絶句した。

ぱっつんぱっつんのタンクトップ。これは外に出ていい格好ではない。せめて下着をつけるべきである。胸の形が丸見えだ！　これではボディペイントである！

その時、インターフォンが鳴った。サラちゃんの姿が見える。この格好をどうにかできないか聞こう。これでは同志ヨシオに振り向いてもらえない。こんなの変態だ！

部屋のドアを開けると、サラちゃんだけでなく、ソウ君、万里小路《までのこうじ》様、そして同志ヨシオもいた。

「レイちゃん、どうしましたの、その格好！」

私は固まってしまった。何故《なぜ》、同志ヨシオがここに？

ああ、この格好では好きになってもらえない。母と全然違う。いや、母の若い頃にそっくりだけれども。裸の大将のようになるはずだったのに。胸が大きいからタンクトップはLサイズを買ったのに。試着ができなかったばかりに！

「麗子《れいこ》、双樹《そうじゅ》たちが目のやり場に困ってるぞ。服を着替えろ」

つまり同志ヨシオは目のやり場に困ってないのだ。

「はい、着替えてきます……」

サラちゃんだけを部屋に通して着替える。

「レイちゃん、お母様の格好を真似たのね」

サラちゃんには母の写真を見せている。

「そうなのです。でもこんな感じになってしまって。こんな姿では外を歩けませんわ……。それよりも、何故同志ヨシオが？」

「レイちゃん、吉田《よしだ》様とずっと会ってなかったでしょう？　凄《すご》く心配してましてよ。だから、一緒に来ましたの。それを聞きつけた双樹と万里小路様も付いてきたのですわ」

私は高岡《たかおか》様からいただいたワンピースに着替えた。

「よく似合ってましてよ！　あの格好はやめておいた方がよろしいわ」

「ええ。私もそう思ってサラちゃんに相談しようと思ったのです。そうしたら同志ヨシオまでいて、ショックでした……」

着替え終わった私は同志ヨシオたちを部屋に通す。

「お待たせしました。外は暑いでしょう？　アイスティーを用意しますわ」

私が台所で用意している間、ソウ君と万里小路様は一旦部屋から出ていった。しばらくして戻ってくる。その手には花束と沢山の箱があった。

そして、皆さんが私に向かって、「全快、おめでとう！」と声をかける。生まれて初めてのサプライズである。

万里小路様からは、紫の薔薇《ばら》と大きな箱、ソウ君からはパソコンをいただいた。あまりに高価なため、さすがに断ろうとしたが、「要《かなめ》兄さんにワンピースを貰《もら》っておいて僕らのは受け取れないの？」と言うソウ君の言葉に負けてありがたく頂戴《ちょうだい》する。

万里小路さんの薔薇はサラちゃんに生けてもらった。華道だけでなく、フラワーアレンジメントもできるサラちゃんに死角はない！　ちなみに私は華道しか学んでいない。それもフキさんが生けた後に余った花や草で生けるのだ。だから私はたまに山で採ってきた花で生けた。タダは素敵！

万里小路様からいただいた箱を開けると、ワンピースが入っていた。白の清楚《せいそ》なお嬢様風のワンピースである。とても素敵だ。それにしても何故私のサイズを知っているのだろうか。……きっとサラちゃんが教えたのだろう。

ソウ君からはパソコン！　しかも慣れるまで指導してくれるらしい。ということで、早速使うことにした。基本動作を覚えれば後はネットで調べられるから問題ないだろう。OSはWindows10だけでなく、Ubuntuも入っている。私もハッカーになれるかしら？

大体教えてもらったので、今後ソウ君の手を煩わせることはないだろう。よかった。

サラちゃんからは、イタリアのブラーノ島伝統のレースのリボンだ。

「初めて出会った時に髪に着けていたでしょう？　とても似合ってましたから、アタクシが選びましたのよ！」

そうだ、せめてものお洒落《しゃれ》としてマリ様の遺品のアルジャンタンレースのリボンを髪の毛に編み込んだのだ。四ヶ月しか経《た》っていないのに懐かしい。

そして同志ヨシオからは、母が描いた自画像だった……。同志ヨシオがくれたのだ。嬉《うれ》しくないはずがない。しかも、とても大切にしているものだろう。しかし、そこに描かれているのは女版裸の大将だ。服装も白のタンクトップに短パン。先ほど私が着ていた服装である。

「麗子にも瑠璃子《るりこ》の絵を渡したくてね。心配するな、瑠璃子の作品はほとんど蒐集《しゅうしゅう》している。自画像も他にある。一番好きなものは渡せないが、次に好きな作品を渡すよ。全快、おめでとう！」

なんだろう、この箸《はし》にも棒にもかからない感じは。母に勝てないと同志ヨシオは振り向いてくれない。

ソウ君と万里小路様は母の自画像を見て、なんだか納得した顔をしている。

「マイケルはレイちゃんのお母さんのこと、今でも愛してるの？」

ソウ君がとんでもないことを聞く。いつの間にかソウ君まで高岡様と同じように同志ヨシオを名前で呼ぶようになっていた。ソウ君の場合はマイコーではなくマイケルだが。

「ああ。この先も彼女以外に愛することはない。俺《おれ》にとって一生に一度の恋だったよ。君たちもそんな恋愛ができるといいな」

大人の色気を放出しながら微笑《ほほえ》む同志ヨシオ。


なんの行動も起こせないまま、私の恋は終わった……。


その後のことはほとんど覚えていない。

確か予約してくれていたレストランで食事を取った気がする。一応談笑もした気がする。気がするだけで確証はない。食事の後はサラちゃんがうちに泊まってくれることになった。

サラちゃんは心配そうに私の顔を見る。

「サラちゃん、先ほどまで何をしたかあまり記憶がありませんの。何を食べたのか何を話したのか。私、何かおかしなことをしていませんか？」

「完璧でしたわよ。いつも通り美しい所作で食事をして、微笑みを絶やさず話には頷《うなず》いて。吉田様は何も気づいていませんわ……」

「そう。私告白する前に振られましたわ。母に勝たなければと思ってましたの。でもどう考えてもあの母を超えることはできませんわ。ハードルが高すぎますもの」

涙がぽろぽろ流れてきた。初恋だったのにこんなに早くに振られるなんて。告白すらできなかった。頑張って太ろうとしていたのに。

「レイちゃん、今日は思いっきり泣きましょう！　泣いて泣いてスッキリするんですのよ！」

私は黙って頷いた。

そして、同志ヨシオとの思い出をサラちゃんに泣きながら語り続けた。いつもあけびの木のところで会っていたこと。刃物の手入れを教えてくれたこと。炭窯《すみがま》で炭を焼いたこと。竈《かまど》でご飯を炊いたこと。何もかもが素敵な思い出だ。

「私、こう見えて炭焼きができますのよ。クヌギをよく使ってましたわ。……いつか炭窯も作りますわ。手作りで」

私は同志ヨシオに、刃物の使い方、竈の使い方、炭焼きの方法、銃の種類、色んなことを学んだ。全て素敵な思い出。特に刃物が大好きになったのは同志ヨシオのお陰《かげ》。包丁を見てもナイフを見ても同志ヨシオが思い浮かんで泣けてくる。

初恋は実らない。

まさにその通りだった。

サラちゃんは夜遅くまで私に付き合ってくれた。

翌日、濡《ぬ》らした手ぬぐいで腫《は》れた瞼《まぶた》を冷やす。

朝ご飯はサラちゃんが作ってくれた。トーストとサラダと目玉焼きだ。

ちょっと焦げているけれどそこが初々しくていいのだ。エプロン姿も可愛《かわい》い。サラちゃんが恋をする時は全力で応援しようと思う。

「ごめんなさい。また焦がしてしまいましたわ」

「最初から上手《うま》くできる人はいませんわ。作ってくれてありがとうございます」

二人で朝食を食べた後、サラちゃんは自宅に戻った。明日から法要で洋子《ようこ》様の実家に行くらしい。その後はフランスのニースでバカンスの予定と言っていた。次に会うのは夏休み明けになる。

「レイちゃん、何かあったらすぐに連絡してちょうだいね。駆け付けますわ」

「サラちゃんこそ、何かあったら教えてくださいね。もう私、自由に動けますから！」

サラちゃんを見送った後、掃除洗濯を済ませ制服に着替えて学園に向かった。そしてピアノを弾き続けた。何も考えずにひたすら弾き続けた。感覚を研ぎ澄ませて音色だけに集中する。目を瞑って弾く。このピアノの鍵盤《けんばん》の重さにも慣れた。マリ様と弾いたピアノよりも若干軽く響きは柔らかい。それが今の私には慰めになる。ピアノそのものの良さもあるが、調律師さんの腕がいいのだろう。

一通り弾き終わると後ろから拍手が聞こえた。驚いて振り向くと、そこには万里小路様がいる。一体、いつからいたのだろうか。

「レイちゃん、大丈夫？　失恋の痛みはどう？」

「万里小路様、気づいてらしたの？　私が同志ヨシオに恋をしていたこと」

「ああ、そうだね。確信したのは昨日だけど」

「……まだ大丈夫ではありませんわ」

思い出してまたぶわっと涙が溢《あふ》れてくる。

「いつかいい思い出になるよ。私が保証する」

「万里小路様……。ありがとうございます」

「もう七時になるから、そろそろ帰った方がいい。送っていくよ」

「大丈夫ですわ。学園を出て三分ですもの」

「私は祖母に厳しく躾《しつ》けられててね、女性を一人で帰すなんてできないんだよ」

「……梅子《うめこ》様にお礼を申し上げなければ。こんな素敵な万里小路様に送っていただけるんですもの。でもお好きな女性に勘違いされてしまいませんか？」

「そんな狭量な女性ではないから安心して」

きっと大人の女性なのだろう。もしかして同志ヨシオのように相手が十歳以上年上なのかしら？　年の差なんて関係ないわ。五十歳年上でも全力で応援しよう！

「なんかまた変なことを考えていない？」

あら、万里小路様までソウ君みたいにサトリになっているわ。

「いいえ！　万里小路様の恋を全力で応援しますから！」

そう言うと、万里小路様は困った顔をして笑う。マンションの家のドアの前まで送ってもらったので、お茶でもどうかと誘うと断られた。

「レイちゃん、簡単に男を家に上げてはダメだよ。たとえ私だとしてもね。いいかい、絶対に上げてはダメだからね。約束してほしい」

以前、高岡様にも同じことを言われていたのを思い出す。

「はい。でも万里小路様やソウ君なら問題ないと思うのですが」

「……レイちゃんは危ういな。ある意味箱入り娘だね」

万里小路様は苦笑いをして帰って行った。葛城《かつらぎ》サマや城山《しろやま》サマを上げるほど愚かではないのに、心配されてしまった。あの二人は非常に危ないことは理解している。何をしでかすか分かったものではない。

失恋の痛みを胸にしまい込みつつも、やはり今夜も枕を濡らさずにはいられなかった。

翌日からまた変わらぬ日々が続く。失恋したって何も変わらないのだ。学園に行きピアノを弾き、夕方になれば買い物に行く。

その日はなんとなくいつもとは違う道を歩いていた。住宅街を通っていると、あのマリ様と私が弾いていたピアノの音が聞こえてくる。スタインウェイのB-211の音色だ！

ふらふらと吸い寄せられるように、そちらに向かうと、確かにあのピアノだった。古めかしい木造住宅はアパートだろうか。その一室で窓を開けっぱなしにして、赤いベレー帽を被《かぶ》って黒縁の丸いメガネをかけた男性がピアノを弾いている。私がじっとそのピアノを生け垣の向こうから見ていると、声をかけられた。

「やあ、君はピアノ弾きかい？」

「はい。無遠慮に見てしまい申し訳ありません」

「その表情からして、このピアノ自体に思い出があるのかな？」

この方はエスパーだろうか。何故私の心が分かるのだろうかと、驚きつつも答えた。

「はい。私が生まれた時から一緒にいたピアノと同じなのです。もうそのピアノはなくなってしまったのですが」

その男性は優しく微笑んだ。

「よかったら弾くかい？」

私は遠慮することなく頷《うなず》いた。

この木造アパートは二階建てで、漫画家や画家や音楽家の卵が住んでいるらしい。くだんの男性はここの持ち主で足塚《あしづか》先生だった！　とても有名な漫画家で漫画の仏様と言われている方だ。なんでも若い才能ある芸術家を支援しているとのこと。

私は防音室なのに、二重窓が開けっぱなしだった先ほどのピアノ部屋に入る。そして久しぶりにスタインウェイB-211を弾いた。私の原点のピアノだ。

夢中になって弾いてしまい、我に返った時には大分時間が経っていた。そして周りを見ると、先ほどの足塚先生だけでなく他の住人らしき人たちも集まっている。

「君の才能は素晴らしい！　どうだい、ここに住まないか？」

「いやいや、足塚先生、いくらなんでも住まないっしょ、こんなところ」

「君、このピアノは誰《だれ》も弾いていないんだ。僕がたまに弾くくらいでね。どうだい、弾き放題だぞ」

私は即決した。

「はい、是非こちらでお世話にならせてください！」

その後、とんとん拍子に話は進んでいき、私は借り上げの寮を出ていくことになった。アパートの代金は私の演奏だとのこと。たまに足塚先生の前で弾くことが条件で、実質タダである。

そんな中、田丸弁護士が私に会いに来た。

「麗子さん、透様は緑谷節さんと籍を入れることになりました」

「そうですか……。大家さんにおめでとうございますとお伝えください」

父は末期ガンだと言っていた。愛する人と結婚して最後を迎えるとは、ある意味幸せではないだろうか。

「透様はこれを機に、あなたを家族として迎え入れたいとおっしゃっています。今までのことを大変、後悔なさっています」

私は父と決別したのだ。しかし、近いうちに死を迎えることを思うと決意が揺らぐ。

「父の余命は幾ばくでしょうか？」

「ああ！　大事なことをお伝えするのを忘れていました。透様は膵がんではなく、自己免疫性膵炎だったんです。死にませんよ！」

ならば迷うことはない。

「私は、貧しくとも自分の足で人生を歩みます」

「そうですか……」

「ところで、モサドの田中さんはあれからどうなったのでしょうか？」

行方知れずの田中さん、今ごろどこで何をしているのだろうか。

「田中さんは再度、透様に応援され、新しい思想を深めているようです。今は山に篭りつつ、その思想を体系的にまとめる作業をしています」

田中さんは立ち直った上に、また不思議な思想を編み出しているのだろう。

「今度、田中さんに会いに行きます」

私がそう言うと、田丸弁護士は微笑んだ。

「麗子さんの幸せを、透様も田中さんも祈っています。もちろん私も。何かあったら必ずお助けします」

「ありがとうございます」

心の中にあったモヤモヤしていたものが、スッキリした。きっと無意識に、父のことも田中さんのことも、心配だったのだろう。

私は貧しくとも、幸せだ。私には友だちもピアノもある。それだけで幸せなのだ。

こうして私の夏休みは終わった。明日から新学期である。


新学期が始まる前日にすごく不思議な夢を見た。

明聖《めいせい》学園の門の前で、『Gメン'75』のオープニングのように、葛城サマを中心に、サラちゃん、万里小路様、ソウ君、城山サマに一条《いちじょう》先生、私が横一列に並んでいる。

ベートーベンのロマンス第二番が流れて、〝学園ロマンス〜天国と地獄〜〟というタイトルが浮かび上がる。

次に場面が変わり、葛城サマが誰かにぶつかる。ぶつかった相手の姿も声も性別さえも不明である。葛城サマは慌てて、彼もしくは彼女に大丈夫かい？　と声をかけると選択肢がでてくる。同様に桜田優里亜《さくらだゆりあ》が妄想していた乙女ゲームさながらに、万里小路様、城山サマ、ソウ君、一条先生が現れては選択肢が表示される。なぜか私とサラちゃんも攻略対象らしい。

そして、バラバラに出てくる美しいスチル。サラちゃんと私が手と手を取り合って肩寄せ合っているスチルもある。背景は白百合だ。

暗転した後、オッフェンバックの『天国と地獄』の序曲が流れる。

——あなたは誰を選ぶ？

ロマンスだけじゃない！　サスペンスとアクションとサバイバルがあなたを待っている。

ここは天国か地獄か。それはあなた次第。

ここで目が覚めた。

まさしく乙女ゲームの世界だった。それにしても駄作すぎる乙女ゲームである。サラちゃんも私も攻略対象だったし。そしてＢＧＭは著作権が消滅しているクラシック音楽ばかりだった。

あまりにもおかしくて朝から大笑いをしてしまう。


地獄にいるマリ様、私は幸せです！

完

幸せになったからといって終わりではない。日々は続くのだ。

「レイちゃん、お久しぶりですわ！」

「サラちゃん、お元気そうで何よりです」

私たちは夏休みの話をしながら学園の中に進む。ソウ君は始業式で副会長としての仕事があるそうで、サラちゃんより先に家を出たとのこと。夏休み、サラちゃんはニースで過ごしたけれど、ソウ君は高岡様《たかおか》と一緒にアメリカで仕事をしていたらしい。

始業式のためロッカーに鞄《かばん》を入れてから講堂に向かう。

講堂に着くと、そこにはあの夢の中の乙女ゲームの攻略対象がいて、思い出し笑いをしてしまう。

講堂で人に囲まれていた葛城《かつらぎ》サマが私たちに気づいて、こちらに向かって走ってくる。

当たり前だが、講堂内は走ってはいけない。生徒会長なのになんという無作法であろうか。

そして葛城サマは一人の女の子にぶつかった。

「君、大丈夫かい？」

その女の子は葛城サマの顔を見て真っ赤になって、葛城サマを見つめる。

私の脳内にオッフェンバックの『天国と地獄』の序曲が流れたのだった。

人物紹介

桜田《さくらだ》優里亜《ゆりあ》

150cm・女性・16歳

「この学園を好きにはさせない！」

ネットサイト
『サクラダオンライン』の娘。
本来は大人しい性格なのだが、
たんコブができる程度の
転倒で、某サイトに
自分が執筆していた
転生モノ小説の世界に
自分は来たんだと妄想が
全開してしまった。
夢は乙女ゲームの
プランナーを目指しているが
お腐りサマなので、
BでLなゲーム制作も夢見ている。
ちなみに活動PNは「クサヤ納豆」。

ピアノの演奏時のみ
活動のやる気スイッチが入る少年。
通常は省エネモードで
ぼんやりとしているが
ピアノ特待生。
本人も有名演奏家
ということもあり、
授業を聞いておらず
単位が悪くても
特待生なので問題がない。
麗子の演奏に感動して
敗北感＜好きが
勝ってしまった残念な子。

「九条院麗子！
君には負けない！」

城山《しろやま》
ミカエル
円《まどか》

189cm・男性・17歳

「俺が
ばかみてえじゃねえか…」

小鳥遊《たかなし》
亮《りょう》

167cm・男性・16歳

フキさんの曾孫。
正義感も強く
忖度など何も気にしない
素直な性格。
壺は買わない
タイプではあるが、
ゲームや漫画でよくある
「周囲から俺は裏切られた」
と思い込み
自ら復讐を誓って
闇落ちしちゃうタイプ。

結城美羽《ゆうきみう》

155cm・女性・16歳

桜田優里亜の
乙女ゲーム妄想の中の
ヒロインポジ少女。
親の再婚で金持ちになったが、
肌の合わない環境と
昼ドラ状態の嫁姑戦争に、
次第に金持ちを
妬み恨みの対象として
見るようになる。
別の意味で思い込みが強く、
壺を買ってしまうタイプ。
ちなみに小鳥遊亮に
告白したのは結城から。

「私、頑張ります」

マイケル・ヨシダ

186cm・男性・49歳

「同志…
同志ヨシオでいい」

元ネイビーシールズの隊員。
退役後は株式運営を
上手く転がす資産家となる。
山にシェルターとヘリコプター、
ジープなど数々のものを隠していて、
生活用品の買い物などは
実は全てネット通販で
取り寄せている。
炭焼きと陶芸はフェイクと趣味。
麗子と別れてから
麗子の母・瑠璃子の
絵画蒐集の旅に出るが、
麗子のことが心配のため、
その後の様子は
親友となった高岡から
進捗を貰うようにしている。

九条院《くじょういん》マリ

155㎝・女性・102歳

麗子の祖母。
フランス出身の
天才ピアニストとして
時の人となった人物。
事故の後遺症で
ピアノが弾けなくなり
自分の存在価値に苦しみ、
悩むも重一郎の死後、
その心を継ぐため
不器用なりに
周囲の言葉を信じて
お家再建に尽力するが、
結果だまされて
そのまま認知症が悪化し
老衰で亡くなる。

「麗子！
本物の音を追求するのです！」

あとがき

この度は『麗子の風儀2～悪役令嬢と呼ばれましたが、ただの貧乏娘です～』を手に取っていただき誠にありがとうございます。筆者のベキオです。

一巻に続き、二巻も担当してくださったN浪さんに出会えたことは僥倖でした。私自身、何かを作るということから随分と遠ざかっていたのですが、N浪さんのお陰でとても楽しく充実した時間を過ごすことができました。それにしても本を一冊出すのに必要な情熱、パワーというのは、本当に凄いものです。

さて、そのパワフルなN浪さんは、『魁‼男塾』や横山光輝氏の『三国志』の熱いファンでして、刺激を受けた私も一巻から読み返すことにしましたが、やはり最高に面白いです。名作は時代を超えますね。両作品とも名言の多い作品ですが、関羽の「そんなものはない」の一言はしびれました。私もいつか堂々と言ってみたいものです。

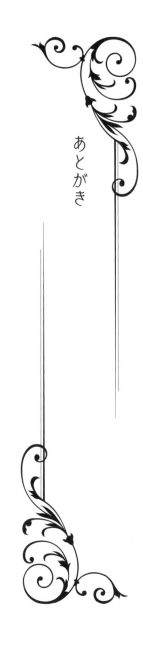

そして、N浪さんという本物の輝けるオタクを目の当たりにした私は、この二巻では本来自分が描きたかった麗子にしようと思い至りました。ですので、書籍版はウェブに掲載したものとはストーリーが大きく異なります。麗子は貧しくとも自立して生きてほしい、ただし、人に頼ることも覚えて、支えあう幸せも知ってほしいと。『元気が出るテレビ』に出演されていたエンペラー吉田氏の「偉くなくとも正しく生きる」という言葉を思い出して、麗子を描きました。ちなみに、同番組のジェット浪越先生のありがたいお言葉は「指圧の心は母心、押せば命の泉湧く」です。

また、本作品を「小説家になろう」で掲載していた際に、しばしば注釈や、よもやま話を載せていました。そのうちの一つ、麗子が授業で学んだ万葉集の短歌に関するあとがきを転載したいと思います。

＊＊＊

信濃なる　千曲の川の　さざれ石も　君し踏みてば　玉と拾はむ

犬養孝氏の著書『万葉のいぶき』に書かれたエピソードがとても重く心に残っています。

著者の犬養孝氏はテレビで八十を過ぎたおじいさんとおばあさんが初めて旅行したという番組を観ます。テレビスタジオでの収録でその老夫妻が語った内容は、戦死した息子の乗った飛行機が飛び立った場所である鹿児島に行ったというものです。くだんの飛行場には忠霊塔が立っていました。おじいさんはそこの石を思い出に持って帰りたかったのですが、公共のものだからと遠慮していると、老夫婦を乗せたタクシー運転手さんが言うのです。

以下、『万葉のいぶき』より抜粋。

「おじいさん、石持っていきませんか、息子さんが踏んだかもしれませんよ」と。

「そうか、そういってくれるか、それじゃいただいていくか」

といって、ハンカチにつつんで持ってかえった。

スタジオで、おばあさんが、「ここに持ってきております」と手をふるわせてその石をだされるでしょう。

（中略）

あれは、何でもないただの石です。その石がそれだけの人を泣かせるんですね……。

抜粋終わり。

すごく印象に残っています。

私は古典が苦手なため難しい本は読めませんが、犬養孝氏の『万葉のいぶき』と『万葉の人びと』はとても読みやすくて、あたたかい本です。

＊＊＊

このように自分の好きな本や漫画を紹介していましたが、本作にも沢山の漫画が出てきます。作中の『魁!!男塾』の三面拳での例え話は、担当のN浪さんのお知恵を拝借しました。その三面拳の雷電、月光、飛燕はなんと四回も死んでいるというのです。よく考えると意味が分からなくなるのですが、本当に凄いですね。

また本作は、otakumi先生によってコミカライズされました。麗子の世界を漫画で見ることができて、私は三国一の幸せ者です。

最後になりますが、本の刊行までに携わっていただきました、デザイナーさま、印刷所さま、校正者さま、そしてイラストレーターのミト先生に深謝申し上げます。誠にありがとうございました。

ベキオ

「麗子の風儀」二巻刊行おめでとうございます
今回もイラストを担当させていただきましたミトと申します
終刊という事でとても寂しい気持ちでいましたが、
堂々たるフィナーレを拝読し麗子のこれまでとこれからの人生に
拍手をおくる気持ちで、イラストを描かせていただきました
読みながら泣いて、笑って、とてもパワーを与えてもらえた作品でした

物語を生み出してくださったベキオ先生、
コミカライズを描いてくださっているotakumi先生、
担当の野浪さん、読んでくださった方々、
一緒に麗子の世界を楽しむことが出来て、本当に幸せです
これからもファンの一人として応援していきます！

麗子の風儀 2

悪役令嬢と呼ばれていますが、ただの貧乏娘です

2020年8月26日 初版発行

著　ベキオ

画　ミト

題字　小林勇輝

発行者　青柳昌行

編集長　藤田明子

担当　野浪由美恵

編集　ホビー書籍編集部

発行　株式会社KADOKAWA
〒102-8177
東京都千代田区富士見2-13-3
0570-002-301(ナビダイヤル)

デザイン　木庭貴信＋角倉織音(オクターヴ)

印刷・製本　図書印刷株式会社

●お問い合わせ
https://www.kadokawa.co.jp/
(「お問い合わせ」へお進みください)
*内容によっては、お答えできない場合があります。
*サポートは日本国内のみとさせていただきます。
*Japanese text only

定価はカバーに表示してあります。

ISBN978-4-04-736174-4 C0093